NHK 100分 de 名著 ブックス

苦海浄土

Kugai Jōdo

悲しみのなかの真実

石牟礼道子

Ishimure Michiko

若松英輔

NHK出版

はじめに――『苦海浄土』とは何か

『苦海浄土　わが水俣病』は、一九六九年に刊行され、翌七〇年の第一回大宅壮一ノンフィクション賞に選ばれます。しかし、著者の石牟礼《いしむれ》道子は受賞を辞退しました。

理由は公表されていませんが、彼女の自伝を読むと、大きく二つあるのではないかと考えられます。

一つは、この作品がいわゆる「ノンフィクション」ではないこと、そしてもうひとつは、自分はこの作品の真の作者ではない、と石牟礼が感じていたところにあるように思われます。

近現代の文学では通常、作者がいて作品がある、作品は作者に属するものである、と考えられます。社会的にはもちろんその通りなのですが、『苦海浄土』をめぐっては、本質的にはそれとは異なる意味があります。

『苦海浄土』は水俣病の患者たちが本当の語り手であって、自分はその言葉を預かっただけなのだ、という強い自覚が彼女にはある。表現を変えながら彼女はさまざまなところで、水俣病の患者たちは、言葉を奪われて書くことができない、自分はその秘められた言葉の通路になっただけだと語っています。

ノンフィクションでなければフィクションなのか、ということになりがちですが、私たちは、そもそも文学を、ノンフィクション、フィクションで二分しなくてはならないのでしょうか。

作家の遠藤周作が新約聖書にふれ、この書物は、文学としても、もっとも優れた作品であるといい、そこには事実だけではなく、その奥に秘められた真実も描かれていることを読者は忘れてはならないと語っていましたが、同じことは『苦海浄土』にもいえます。

本文でもふれますが、この作品の成り立ちをめぐって石牟礼と話をしたことがあります。そのとき彼女は、現代詩の枠組みを超えた新しい「詩」のつもりで書いた、と語っていました。

『苦海浄土』は、詩である、と聞くと何か違和感を覚えるかもしれません。ただ、ここでいう「詩」とは、単に文学の一形式としての「詩作品」であるだけでなく、文学の根源的な精神を表象する「詩情」の結晶である、と考えることができるのではないでしょうか。また、詩には決まった形式は存在しない、ということもここでもう一度思い出したいと思います。

ともあれ、『苦海浄土』という作品が、既存のどのジャンルにも当てはまらない、まったく新しい文学の姿と可能性を伴って現れた、二十世紀日本文学を代表する作品であり続けていることは、すでに動かせない事実となっています。

『苦海浄土』の第一部は、全七章からなる作品ですが、第一章から順に書かれたのではありません。第三章の「ゆき女《じょ》きき書」に当たる部分から誕生しました。それを核にして、あたかも何者かによって光が放たれるように作品世界が広がっていきます。

第三部までは公刊されましたが、第一部に続いたのは第三部『天の魚』（一九七四年）でした。そして第二部『神々の村』（二〇〇四年）が書かれたのです。

今回はそのなかでも特に第一部に軸足をおいてこの作品を読んでみたいと思います。この第一部は作家石牟礼道子の原点であり、それを読むことはおそらく現代日本文学の大きな岐路を目撃することになるからです。

時間は過去から未来へと進んでいく、私たちはそう信じて疑いません。しかし、この作品には、過ぎ行く時間とは別の永遠につながる「時」が描かれています。ある文章で石牟礼は、水俣病で亡くなった人は「未来へゆくあてもないままに、おそらく前世にむけて戻ろうとするのではあるまいか」（『水俣病闘争　わが死民』）とすら述べています。

計測可能な時間のなかで、すべてのことは過ぎ去ってしまうのか。けっして過ぎ去ることのない永遠に連なることが、この世にはあるのではないか。生命は滅びる。しかし、万物の「いのち」はけっして朽ちることがないのではないか、と全編を通じて読者に問いかけてきます。

『苦海浄土』を書いているときどんな心境でしたか、と彼女に尋ねたことがあります。しばらく沈黙してから彼女は「荘厳《しょうごん》されているように感じました」と答えました。「荘厳」とは、もともとは仏教の言葉で、仏の光によって深く照らしだされることを意味します。また、荘厳という言葉には人間の感覚を超えた響き、香り、輝きが広がり、また何ものかに包み込まれるような語感があります。真の意味における浄福と考えてもよいかもしれません。しかし、石牟礼が用いる場合には、特定の宗教的背景はありません。彼女が書くと、その底には留まらない広がりと深まり、さらには深い悲しみがあることに気づかされます。

荘厳の光は、苛烈な、ときに残酷なまでの苦しみを生き抜いた水俣病の患者とその家族の言葉にならない祈りによってもたらされている、それが石牟礼道子の強い実感でした。『苦海浄土』を読む意味は、石牟礼を通じて、苦難を生きたものから発せられる「荘厳」の働きにふれることである、ともいえると思います。

『苦海浄土』は、単なる告発の文学ではありません。むしろ、光源の文学です。水俣病の原因を作った企業あるいは地方行政、国家行政の欠落を照らし出すだけでなく、言葉を奪われた人々の心の奥にあるものも、白日のもとに導き出すのです。

もしかしたら皆さんのなかには、『苦海浄土』を読もうと思ったけれど、誤った理解をしてしまうのが怖くて、あるいは悲劇にふれるのが恐ろしくて、これまで手に取らなかったという方もいるかもしれません。私にもそういう時期が長くありました。

しかし、そもそも「正しい」読書方法などあるのでしょうか。文字の正しい読み方はあります。しかし、本の正しい感じ方などありません。百人の読者がいれば百通りの『苦海浄土』があってよい。異なる読後感であっても、それが真摯《しんし》に語り合われるとき、そこには豊かな響き合いが生まれます。ただ、自分の読みが絶対だと思わないことは重要です。

文学がもし、言葉の芸術であるなら、それにふれる者は何を感じてもよいはずです。絵画を見るとき、音楽を聴くとき、彫刻にふれるとき、私たちはとても自由にそれらを認識しています。そして他者の認識をとがめない。どうして文学を読むときにはそれができなくなってしまったのでしょう。自分の認識をいつくしむことができず、自分と異なる感覚を認めづらくなったのでしょうか。

また、私たちは必ずしもこの作品を読み通す必要はありません。「読めない」のは、そこで立ち止まらなくてはならないからです。読書は旅です。むしろ、読み通すことのできない本に出会うことこそ、喜びなのではないか、と私は思います。「読めない」というのはじつに深遠な言葉との交わりであり、また豊饒《ほうじょう》な芸術の、あるいは人生の経験であることを忘れないでいただきたいと思います。

さらに、先ほどもふれましたが、この作品の語り手は石牟礼道子だけである、というところから、読者である私たちは一歩踏み出すことを求められているように思います。彼女の果たしている役割が、甚大であり、深甚なのは改めていうまでもありません。彼女こそ、現代日本が世界に、そして歴史に対して誇るべき屈指の書き手であるとも思います。そうした事実を踏まえてなお、彼女の言葉として読むのではなく、彼女に託された言葉として読む。本当の苦痛、苦難を抱えている人は、彼女の後ろにいるのだということを、私たちは見続けなければいけない。それが読者の役割であり、作者である石牟礼の悲願であるように思われるのです。

本当の芸術は、最後には人の心を慰め、励まし、そして、真実の美によって包み込みます。『苦海浄土』はそうした典型的な、しかし、現代日本ではじつに稀有な作品なのです。

本書が、そうした皆さんと『苦海浄土』の出会いの一助となれば望外の幸いです。

目次

はじめに
『苦海浄土』とは何か……005

第1章
小さきものに宿る魂の言葉……015
終わらない物語としての『苦海浄土』／水俣病の「発見」／水俣はどんなところか
古《いにしえ》からのトポス——もう一つの「水俣」／石牟礼道子の愛した水俣
近代日本の最先端である工業地帯／「見る」「読む」の世界から「感じる」の世界へ
語らざるものたちの口になる／先立つ者の悲痛／沈黙の祈り／『花の億土へ』

第2章
近代の闇、彼方の光源……051
巫女の誓願／不可視な「人格」／もう一つの「人格」
なぜ、『苦海浄土』を書いたのか／なぜ、水銀を流し続けたのか
「原経験」としての釜鶴松との出会い／患者たちは何を祈ったか
隠蔽の空気／魂を溶かすもの／時に生きる

第3章
いのちと歴史……083
ライフワークとしての『苦海浄土』
水俣病が奪ったもの
自然と生きる／水俣病事件以前の水俣
童話の世界／歴史との対話
足尾と水俣
内村鑑三と石牟礼道子

第4章
終わりなき問い……115
文学の役割、コトバの役割／詩人の役割
訪れた「許し」／「もやい」と「のさり」
「チッソというのはもう一人の自分だった」
立ち上がる患者たち――川本輝夫
水俣の叡知、民衆の叡知／情愛と煩悩
声にならない呻き

ブックス特別章

『椿の海の記』の世界——語らざる自然といのちの文学……143
「読む」という対話
質的なものとしての「いのち」
「おもかさま」の「眸」
ブックリスト——石牟礼道子の宇宙を読む……166
あとがき……170

※本書における『苦海浄土』の引用は、石牟礼道子『新装版　苦海浄土——わが水俣病』（講談社文庫、二〇一六年四月一日第二〇刷）に拠ります。『苦海浄土』の第二部にあたる『神々の村』、第三部にあたる『天の魚』からの引用は石牟礼道子『苦海浄土』（池澤夏樹個人編集　世界文学全集Ⅲ—04、河出書房新社、二〇一一年）に拠りました。

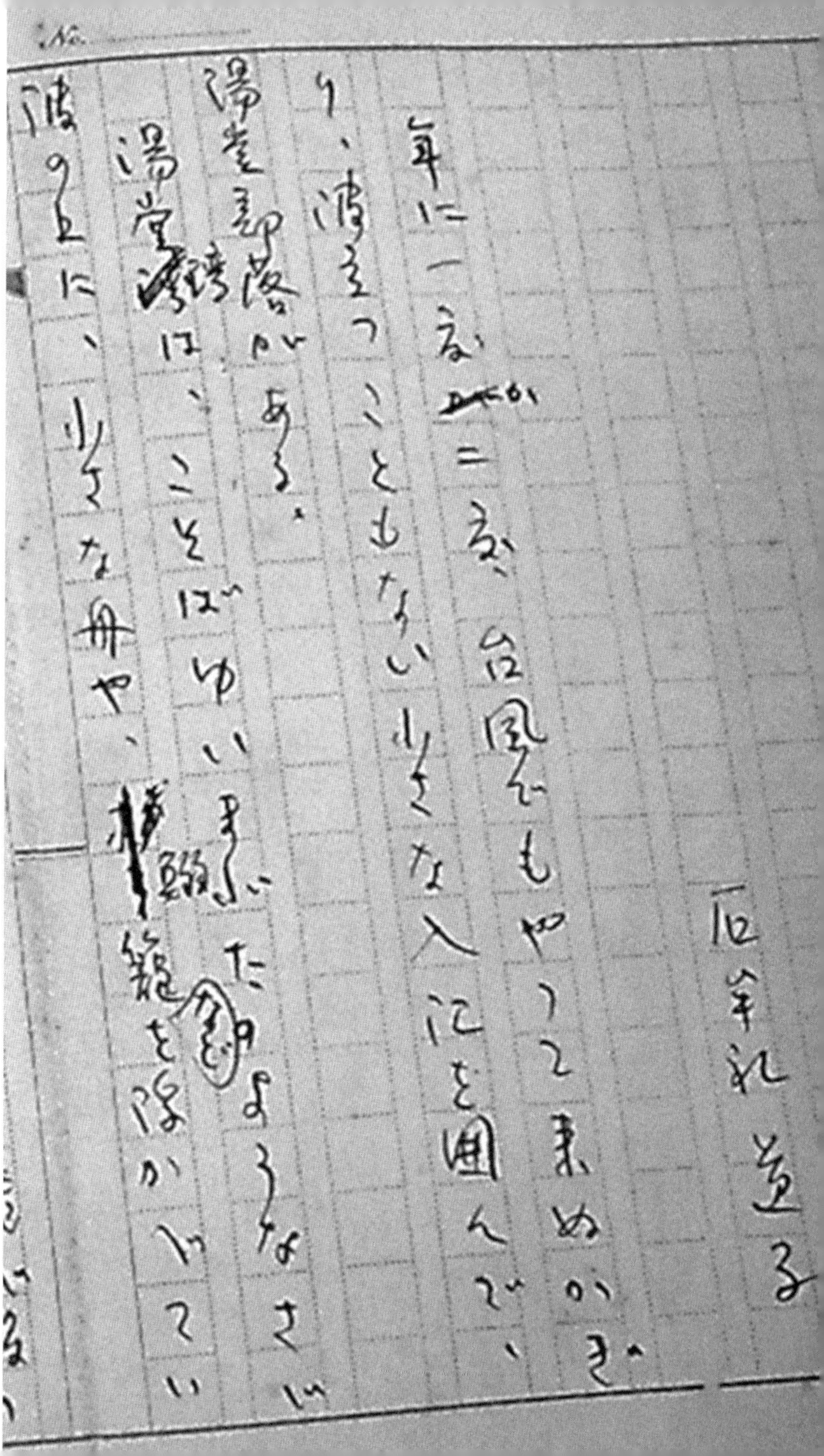
石牟礼道子
年に一ぺんか二ぺん、台風でもやって来ぬかぎり、
波立つこともない小さな入江を囲んで、
湯堂部落がある。
湯堂湾は、こそばゆいまぶたのようなさざ
波の上に、小さな舟や、鰯籠を浮かべてい
子どもたちは

終わらない物語としての『苦海浄土』

本当に大切にしなくてはならないものを私たちは、大事にできないことがある。それらはしばしば、声を上げることもなく、静かに存在しているからです。

海や山などの自然やそこで生きる小さな生き物たち、あるいは真実を目撃しながらも語ることを奪われた人々など、繊細な、寡黙《かもく》なものたちの声に近代社会は十分に耳を傾けることができなかったことがある。そればかりか、そうしたものたちに大きな苦しみと悲しみをもたらしてきた歴史があります。

これから皆さんと読む『苦海浄土』には、水俣病によって苦痛と悲嘆と沈黙を強いられた人たちがたくさん出てきます。語り得ないものたちの声にどう向き合えるのか、それが『苦海浄土』を読むときに最も重要な問題となってきます。

『苦海浄土』の本文に入る前に、坂本きよ子という女性をめぐって石牟礼道子が書いた作品を読みたいと思います。石牟礼は、一九六九年に『苦海浄土』の第一部を出版しますが、きよ子の存在を知ったのはその翌年のことでした。その年の六月に彼女は、坂本一家との出会いの記録を水俣運動の機関誌『告発』に発表します（原文は『水俣病闘争わが死民』創土社所収）。

『苦海浄土』の第二部の初めにも、きよ子にふれた記述があります。そしてきよ子の家族に会ってから四十余年後の二〇一三年に石牟礼は、「花の文《ふみ》を——寄る辺なき魂の祈り」で改めて、きよ子をめぐって書くのです。この作品には『苦海浄土』という作品全体を象徴する次のような一節が記されています。語り手はきよ子の母親です。


「きよ子は手も足もよじれてきて、手足が縄のようによじれて、わが身を縛っておりましたが、見るのも辛うして。

それがあなた、死にました年でしたが、桜の花の散ります頃に。私がちょっと留守をしとりましたら、縁側に転げ出て、縁から落ちて、地面に這うとりましたですよ。たまがって駆け寄りましたら、かなわん指で、桜の花びらば拾おうとしよりましたです。曲った指で地面ににじりつけて、肘から血ぃ出して、

『おかしゃん、はなば』ちゅうて、花びらば指すとですもんね。花もあなた、かわいそうに、地面ににじりつけられて。

何の恨みも言わじゃった嫁入り前の娘が、たった一枚の桜の花びらば拾うのが、望みでした。それであなたにお願いですが、文《ふみ》ば、チッソ[*1]の方々に、書いて下さいませんか。いや、世間の方々に。桜の時期に、花びらば一枚、きよ子のかわりに、

拾うてやっては下さいませんでしょうか。花の供養に」（「花の文を――寄る辺なき魂の祈り」『花びら供養』）

この一文が雑誌で発表されたときに偶然目にしたのですが、その衝撃は今でもまざまざとよみがえってきます。

昔の日本人は、悲し、哀しとだけでなく、「愛し」、「美し」と書いても「かなし」と読んだといわれますが、この一文はそうしたかなしみの深みに読む者を導いてくれます。熾烈《しれつ》なまでに悲しいのですが、どこまでも「愛しく」、そして「美しい」何かを読む者の心に残してくれる言葉であるように私には感じられます。

しかし、石牟礼はきよ子に会ったことはありません。先の一節も、きよ子の亡き母親が語った言葉でした。きよ子の両親もまた、水俣病で亡くなります。

語り得ない思いを胸に抱いたまま、「たった一枚の桜の花びらば拾うのが、望みでした」という生涯を送った者の「声」になること――それが作家石牟礼道子の悲願であり、『苦海浄土』において試みられたことでした。

さらに「文ば、チッソの方々に、書いて下さいませんか。いや、世間の方々に」という願いを胸に受け、石牟礼は、「文」を書き続けたのだと思います。

『苦海浄土』に登場する人には、当然ながらそれぞれの名前があります。しかし私たちがそれらを、固有の名称としてとらえるだけでは十分ではないのかもしれません。「坂本きよ子」というのは個人の名前であると共に、思いを語ることのないまま亡くなった無名の水俣病患者たちの「名前」でもあります。

水俣病で亡くなった方はたくさんいます。じつは水俣病であることを認められないまま亡くなった人々がどれほどいるのか、今日でもなお、分かっていません。ですから、これから登場してくる人々の名前には、その前にも後にも連なる無数の人々がいることを感じつつ、作品を読み進めていきたいと思います。

『苦海浄土』で最初に書かれたのは、第三章にあたる「ゆき女《じょ》きき書」です。一九六〇年一月に石牟礼は、当時参加していた機関誌『サークル村』[*2]にこの第一稿を発表します。当時の題名は「奇病」でした。

『サークル村』は、炭坑の人々に詩の言葉を届けたいという願いから始まった雑誌でした。作品を発表した頃、石牟礼は詩や和歌を愛し、文学にも深い関心はありましたが、本を出したことのない、家庭を持つひとりの女性でした。読者も、辛い状況を生きている、本当の言葉を求めている人たちで、文壇の評判に従って作品を読むような人々ではありませんでした。

『苦海浄土』は、既存の文学の世界から生まれたのではなく、民衆が、民衆の目に映ったものを、民衆のために書いた言葉でした。だからこそ、もっとも積極的な意味において野草のような強さを持つ作品になり得たのでしょう。そこには次のような言葉が記されています。

「う、うち、は、く、口が、良う、も、もとら、ん。案じ、加え、て聴いて、はいよ。う、海の上、は、ほ、ほん、に、よかった」（第三章「ゆき女きき書」）

水俣病は、神経の自由を著しく害《そこ》ない、言葉を奪う病です。先の言葉を語ったゆきも、すでに思うように話すことはできません。自分はもう流暢《りゅうちょう》に話すことができないから、申し訳ないがよく耳を傾けて聞いて欲しい。海の上で過ごした日々は、本当に幸せだった、と言うのです。

この言葉を読んで、何より驚かされるのは、きよ子と同じで、ゆきも恨み言を言わないことです。なぜ私がこんな目に遭わなくてはならないのか、と窮状を訴えるのではなく、海はとてもきれいだったと、幸福の経験を語り始めるのです。

石牟礼が、作品を通じて伝えたいと願ったのも恨みの連鎖ではありませんでした。当然ですが恨みがないはずはありません。むしろ、筆舌に尽くし難い恨みがある。しかし、それとは別な場所に患者たちはこの世界への、あるいは隣人たちへの情愛を深めていったのです。

チッソに象徴される近代産業社会が犯した、許されざる罪を不問にすることは絶対にしてはならない。実態は、どこまでも明らかにされなくてはならない。償いも、真の限界まで行われなくてはならない。しかし、罪を糾弾《きゅうだん》するだけで終わってもならない。それはむしろ、患者たちが苦しみと悲しみの果てに見出したものに耳を閉ざすことになる。背負いきれないような苦難を背負ってもなお、世界は美しいと語る無名の人々の言葉――そして、それによって照らし出される、私たちが日頃見逃している世界の輝きも――見過ごしてはならないのだと思います。

水俣病の「発見」

二〇一六年は「水俣病公式確認[*3]六十年」に当たる年でした。これは、実際に水俣病の発生が記録されてから六十年、ということであって、それより前から水俣病はありました。「六十年」という節目を考えるとき私たちは、公式確認以前にも、また以後にも、長い年月が横たわっていることも同時に再認識するべきなのでしょう。『苦海浄土』には、当時の水俣市長の発言として次のような記述があります。

今考えて、ほんに残念と思うのは、原因もわからんじゃったせいもあるが、正式には三十一［引用者注：一九五六年］年四月に奇病の発表があったわけですが、こうなるまで、患者も漁民もほったらかしじゃったことですよ。実質的な発生は二十八年暮ですから。（第二章「不知火海沿岸漁民」）

水俣病の存在を知ってからも三年間、チッソはもちろん、水俣の行政をはじめ、ジャーナリズム、日本政府などさまざまな人たちが水俣病をめぐって沈黙した、さらに言えば隠蔽した、ということが書かれています。作品のなかでは昭和二十八（一九五三）年とありますが、実際にはさらに時代をさかのぼらなければならないだろうと言われています。

現時点では、チッソが有機水銀[*4]を流し始めたのは昭和七（一九三二）年からであることが確認されています。いつ水俣病が発生したのか。それは誰にも分からない。しかし、その危険はこの時点からすでにあるのは確かです。

『水俣病は終っていない』（岩波新書）という本があります。著者は水俣病の治療と運動に積極的にかかわった医師である原田正純[*5]という人物です。彼は石牟礼道子とも親交があり、初期の水俣病運動から中核的な役割を担います。彼は、水俣病であることを訴えることなく多くの人々が亡くなっている以上、この問題を終わりにする、という視座を放棄しなくてはならないと言います。終わりのない問いとして水俣病事件を考える、そのことも『苦海浄土』を読むときの、とても重要な視座であると思います。

別な言い方をすれば、この作品で一貫して問われているのは、いのちの尊厳です。補償、あるいは賠償によっていのちの問題に決着がつくことはありません。それは人間の生死を超えるものであるとすら石牟礼は考えている。

この半世紀を超える時間のなかで私たちは、かつてよりも一層いのちの尊厳を実感できるようになったのか。水俣病事件という終わりのない出来事から、あるいは『苦海浄土』という作品から私たちは今も、問われ続けているのではないでしょうか。

水俣はどんなところか

さて、そもそも水俣は、どんなところなのでしょう。この作品を読んだ方はぜひ、一度、水俣を訪れてみるとよいと思います。じつに美しい、地理的にも、文化的にも、特異な意味と背景を持った場所です。

九州、熊本県最南端。不知火海《しらぬい》をへだてて天草、島原をのぞみ、明治世代にいわせれば、東京、博多、熊本などと下ってくる中央文化のお下《さ》がりよりも、直結的に島原長崎を通じ、古《いにし》えより支那大陸南方および南蛮《なんばん》文化の影響を受けた土地柄である、という。

鹿児島県に隣接し、天気予報をきくには、鹿児島地方、熊本地方、人吉《ひとよし》地方をきいて折衷《せっちゅう》せねばならない。薩摩入国が厳酷であること鳴りひびいていた幕藩体制の頃も、薩肥藩境の農商民たちは、ひそかに間道を共有し、かなり自由に出入し、商いを交わし婚姻を結び、信教の自由をとり交した形跡がある。（同前）

水俣は東洋の縮図である、と石牟礼は他の作品でも書いています。水俣はいろいろな地域と隣接する交流地点であり、文化、宗教さえ交わる国際色豊かな場所だったというのです。

石牟礼には『アニマの鳥』という、島原の乱[*6]を描いた秀作があります。彼女が水俣を考える歴史的背景には島原の乱があるのです。

今日では島原の乱が、通常の一揆であるだけでなく、キリシタンが信教の自由を求めた訴えであることが神田千里[*7]の研究『島原の乱』（中公新書）などによって明らかになっています。

この一揆でキリシタンたちは籠城《ろうじょう》しつつ、最後は戦いに敗れて亡くなっていく。その悲願の成就を祈りながら、一所に籠もる姿は、水俣の人たちが訴えを国に伝えるために座り込みをしたときと強く重なり合う、と石牟礼は書いています。

切実な何かを求め、民衆が立ち上がるとき、いのちを賭した行いになる。それは江戸時代から今日に至ってもなお、変わらない。水俣病は独立した出来事ではなく、深い歴史とつながっているということを、彼女は語ろうとしたのです。

さまざまな職業、さまざまな境遇の人々が暮らした水俣の土地は、次第にチッソという経済発展を第一に考える力に席巻されていく。それは、近代の価値観によって侵されたともいえる。さらにいえば水俣病は、経済至上主義による民衆の生活の侵略だったのではないか――というのが彼女の強い思いだったように感じられます。

古《いにしえ》からのトポス――もう一つの「水俣」

次の一節からは、これまでとはまったく異なる、水俣の古層とも呼ぶべき姿がほうふつとしてきます。『西遊雑記』（古川古松軒《こしょうけん》著）という天明三（一七八三）年に書かれた文章からの引用なので少し古めかしく感じられるかもしれませんが、荘重といってよい名文です。

此節《このせつ》雨ふらずして井水《せいすい》もなきくらひにて数十箇村中合せて雨乞《あまごい》あり。土人のうはさをきけば竜神《りゅうじん》へ人柱《ひとばしら》をたていけにへを供《きょう》すと云。珍らしき事なれば一見せんと思ひ、其地《そのち》に行見るに海岸にかけ造りの小屋をたて、藁《わら》にて長一丈ばかりの婦人の形をつくり、紙を以て大ふり袖の衣裳《いしょう》をきせ、それに赤きもやうを画き、髪は苧《お》を黒く染て後へ打乱し、さて村役人、社人《しゃにん》、巫女《みこ》、見物人彼是《かれこれ》数百人群衆し、其の中の頭《かしら》と覚しき社人海上にむかひ、至て古き唐櫃《からびつ》のうちより一巻を取出し、高々とよみあげし事なり。（同前）

水俣の民衆には、近代とは全く異なる、『万葉集』に出てくるような古人《いにしえびと》の価値観が生きていたというのです。

近代化する国家としての日本の価値観と、水俣の民衆の生活は、大きく乖離《かいり》したまま存在していた。先の一節にあったような古くから続く、質的なものを貴ぶ世界観と共にあった土地に、経済的発展は素晴らしい、金銭はたくさんあった方がよい、影響力もより大きい方がよいという、徹底的に量的な世界観が、濁流が流れ込むように襲ってきたのです。

石牟礼道子の愛した水俣

石牟礼道子は、昭和二（一九二七）年、天草で生まれ、すぐに水俣に移り住んでいます。幼少のころ彼女が見た水俣の風景がどのようなものだったのか。別な言い方をすれば、水俣病事件以前の水俣はどんな場所だったのかを見てみたいと思います。その光景を映し出す言葉が、『苦海浄土』と対《つい》をなすと言ってよい自伝的作品である『椿の海の記』の冒頭にあります。

春の花々があらかた散り敷いてしまうと、大地の深い匂いがむせてくる。海の香りとそれはせめぎあい、不知火《しらぬい》海沿岸は朝あけの靄《もや》が立つ。朝陽が、そのような靄をこうこうと染めあげながらのぼり出すと、光の奥からやさしい海があらわれる。
大崎《うさぎ》ヶ鼻という岬の磯にむかってわたしは降りていた。やまももの木の根元や、高い歯朶《しだ》の間から、よく肥えたわらびが伸びている。クサギ菜の芽や、タラの芽が光っている。ゆけどもゆけどもやわらかい紅色の、萌《も》え出たばかりの樟《くす》の林の芳香

が、朝のかげろうをつくり出す。（『椿の海の記』河出文庫）

彼女にとって水俣は、文字通りの意味で自然の楽園でした。そこでは海と森、植物や動物と人間が共生している。水俣は、今も本当に美しい場所ですから、以前はいっそう美しかっただろうと思います。しかし、そんな最も美しきものを、近代化という不問の目標のもとに政治と経済、さらにはそこに助長された人間の欲望の力が打ち壊していくことになるのです。

水俣は、もともと漁業が盛んな場所でした。水俣病はまず、漁民とその家族たちを襲います。次は「熊本医学会雑誌」からの引用です。

これらの部落は海岸より、比較的急峻《きゆうしゆん》な傾斜をもって背後の丘陵《きゆうりよう》地帯に続く狭隘《きようあい》な漁村部落であり、生業《なりわい》は近海並びに、港湾内での漁獲に従事するものが多い。生活水準は低く、食生活は主食に配給米及び一部自作の麦、甘藷《かんしよ》をとり、副食は漁獲の魚貝類を多食するほかは、蔬菜《そさい》*8果実の摂取は乏しい。（第一章「椿の海」）

経済的に貧しいこともあって漁民は、自分で獲った魚をたくさん食べて生活していました。当然ながら水俣病の病状も深刻になる。ここに水俣病の悲劇があります。魚が原因であると疑われてもなお、生きて行くために食べ続けなければならない。『苦海浄土』には次のような記述もあります。「水俣病は、びんぼ漁師がなる。つまりはその日の米も食いきらん、栄養失調の者どもがなると、世間でいうて、わしゃほんに肩身の狭うござす」。そういう試練に直面していた人たちが水俣病になったことで差別を受けなくてはならなかった。一つは貧しさゆえに、そして原因不明の病を背負ったがゆえに、という二重の差別がそこにあったのです。

近代日本の最先端である工業地帯

水俣病の原因となる有機水銀を工場廃水として流し続けたチッソという会社が、どういう位置にあったのか、宇井純[*9]の言葉が端的に示しています。宇井はのちに公害学という成果を私たちに残してくれた人物で、一般には環境学者と呼ばれます。しかし、私には、ひとりの学者であるだけでなく、優れた思想家であるように思われます。

大学を卒業後、宇井は会社員になります。その会社でも有機水銀を含む廃水を外に流出させていた。そのことに深い後悔と自責の念を抱きつつ、彼は水俣病に関わっていきます。ある自伝的な文章で彼は、当時のチッソの社会的地位を次のように語っています。

塩化ビニルでは日本の最高水準といわれるチッソ水俣工場は、これは主任教授の首席だという保証状がないと受験さえさせてくれないから無理である。（「ある化学技術者の足取り」『ある公害・環境学者の足取り』亜紀書房）

技術者としてチッソに入社するのは困難を極めた。それほど社会的な地位が高い企業だったというのです。

水俣病の原因をつくり出した人々は、学業的にはとても「優秀」な人たちだった。しかし、知性が、感情や道徳との関係を振り切って暴走するとき、どれほど悲劇的な出来事がそこに生まれ得るのか、このことを私たちは今日の問題として考えてみる必要があるのではないでしょうか。

生命科学を提唱する中村桂子[*10]が、なぜ水俣病が起こったのかをめぐって、「生命」と「科学」の視点からじつに示唆的な発言をしています。彼女の師である江上不二夫[*11]から聞いたと断って、彼女はこう述べています。

チッソの当事者は当然、水銀がどれだけ人体に被害を与えるかを知っていた。それでも水銀を流し続けたのは、海は広く、たとえ水銀が流れ込んだとしても薄まって人間には害が及ぶことはないだろうと考えたからではないか、というのです。しかし、事実は違っていました。

工場の関係者らは海を大きな水の塊だと考えていた。彼らは海をプールのようなものだと思っていたのです。しかし、海には海藻があり、魚たちがいて、微生物がいた。生きているものがそれを食べるから、有機水銀は、薄まらないばかりか魚介類の体内で濃縮されていきます。それを人間が食べる。ここに悲劇があったのではないか、と中村は言うのです。

工場関係者が目指したのは頭で考えた論理、そして成功と経済発展です。しかし、世界はそう単純にはできていない。頭でとらえるよりも、もっと複雑に、社会と世界は存在している。水俣病は、そのことを私たちにはっきりと知らしめています。頭だけで世界を認識するときいかに、いのちが見えにくくなるかを、この仮説というにはあまりになまなましい論説は、強く物語っているのではないでしょうか。

「見る」「読む」の世界から「感じる」の世界へ

ここから、『苦海浄土』の本文を読んでいきます。「はじめに」で、この本を一枚の絵を見るように、音楽を聴くようにあるいは彫刻にふれるように読む、という提案をしました。作者である石牟礼自身がそう願っているのではないか、と読める表現が本文の中にあります。

——石は、少年が五年前、家の前の道路工事のときに拾いあてていらい愛用しているものであることを私は後になって知るのである。彼はいつもその石を、家の土間の隅に彼が掘った窪みにいれてしまっていた。ころげて遠方にゆかぬように——。半眼にまなこをとじて少しあおむき、自分の窪みをめざしていざり寄り、ふるえる指で探りあてて、石をしまう少年の姿は切なく、石の中にこめられているゴトリとした重心を私は感じた。（第一章「椿の海」）

ここで注目したいのは、「感じる」という言葉です。「感じる」、と石牟礼が書くときは、何かの存在を論証することはできないが、確かに肌身ばかりか、心を貫くものとして認識していることを示しています。

先の一節で描かれていた山中九平少年は水俣病で目が見えない。彼は石を使って野球のような遊びをする。ある人にとって石は、動かない物体ですが、九平少年にとっては仲間のような存在でした。彼は、石と対話するかのように向き合い、深く戯《たわむ》れる。そうした姿を見て石牟礼は、石のなかに宿っている「ゴトリとした重心」を「感じた」と書いています。石の魂にはっきりとふれたというのです。

単に記号としての文字を追うのではなく、五感をすべて使って「感じ」てみる。それが、『苦海浄土』という作品を「読む」ときに、とても重要なことなのだと思います。

次に引くのは水俣病を背負って生きている子供たちが検診のためにバスに乗って外出する場面の一節です。

> そして、この青年が力を入れて、バタンと扉をしめると、バスの中に、微妙な変化が、外の風景の中にいたときの、不安げな様子とはちがう変化が起きるのを私はいつも感じていた。それはおおかた、口のきけない子どもたちのあげる、かすかな声や、なめらかにほぐされてくる大人たちの会話であった。十歳前後になった子どもたちは、母親や祖父の腕の中で、たいがい首を仰向けにがくんと背中の方にたれて、バスの外の景色を感じていた。（同前）

ここにも「感じる」という言葉が出てきます。子どもたちは外の景色を肉眼で眺めることはしない。ある者は、すでにそうすることはできなくなっている。しかし、子どもたちは外の景色を「感じて」いる。そこには期待と不安が入り混じった感情がありつつも、しかし、家から出られるという素朴な悦びがあったと石牟礼は書いています。「感じていた」という言葉を彼女は、作品の中で幾度も用いています。言葉を奪われた子どもたちの心に接近し、彼らの心の実相を見るには、頭で理解する「知解」ではなく、「感じる」という方向に認識の扉を開いてみなければならないというのです。

「感情」という言葉があります。今日、「感情的」と書くとあまりよい意味にならないこともありますが、もともとは「情＝こころ」が「感《うご》く」ことを意味する、とても豊かな表現です。ですから感情を否定するとはそのまま「情」が「感」くことを否《いな》むことになる。知性と理性だけでなく、「情」が「感」く世界をどう開いていくのかも大変重要なことなのではないでしょうか。

『苦海浄土』は、水俣病や患者をめぐって何か明確な答えをくれるような作品ではありません。むしろ、問いを発し続け、読み手に「感じ」、「考える」ことを求めてくるように思われます。

水俣病を背負いながら生きている人々のなかには、母胎にいるときに有機水銀の影響を受け、生まれたとき、すでに水俣病になっていた「胎児性水俣病患者」と呼ばれる人々がいます。そうした人々との出会いは、石牟礼がこの本を書くに至った、とても強い動機の一つでした。

胎児性水俣病の発生地域は、水俣病発生地域を正確に追い、「神の川」の先部落、鹿児島県出水市米ノ津町から、熊本県水俣市に入り芦北《あしきた》郡田浦におよんだのである。誕生日が来ても、二年目が来ても、子どもたちは歩くことはおろか、這うことも、しゃべることも、箸を握って食べることもできなかった。ときどき正体不明の痙攣やひきつけを起こすのである。魚を食べたこともない乳幼児が、水俣病だとは母親たちも思いあたるはずもなく、診定をうけるまで、市内の病院をまわり歩き、その治療費のため、舟や漁具を売り払って借財をこしらえたりしていた。

四年たち、五年たちするうちに、子どもたちはやむをえず、村道の奥の家々に、一日の大半をひとりで寝ころがされたまま、枕元を走りまわる猫の親子や、舟虫や、家の外で働く肉親の気配を全身で感じながら暮らしてきたのである。（同前）

水俣病六十年をめぐって石牟礼と対談する機会がありました。そのとき彼女が、「それは六十年間、一言も自分の思いをしゃべれない人が、この世には存在するということですね」と語っていたのが強く印象に残っています。

本当に苦難を背負った人の多くは、充分に、あるいは、まったく、その苦しみや悲しみを語ることはできない。水俣病を考えるとき、このことを私たちは忘れてはならないのだと思います。

つまり、水俣病の現実、その全体像を、私たちは知り得ない。知り尽くすことができないものの、どうにかその裾野だけにでもふれようとしているということを『苦海浄土』を読むときにはいつも、念頭に置いておかなくてはならないのではないかと思うのです。

『苦海浄土』を読み、何かが分かったと自分で思ったら、それを打ち消し、もっと問いを深めていくような態度でなければならない。この作品を読んで何かを知ったと思えば思うほど、私たちは大きな誤解をしてしまうのかもしれないのです。ソクラテス[*12]が「無知の知」[*13]こそ、真の認識であると語ったように、分からないと私たちが本当に感じたとき、頭で知ったと感じるのとはまったく異なる認識が起こるのではないでしょうか。

語らざるものたちの口になる

苦しいときに苦しいと言い、助けてほしいときにそう声を上げる。当たり前のことだと思うかもしれませんが、胎児性の水俣病患者の人々は、そうしたこともできませんでした。そんな一人の日常を石牟礼は、次のように描いています。

コタツやイロリの火の中に落ちこんだり、あがり框《がまち》から転げ落ちたりせぬよう、そこらを這ったり立ったりできるほどのゆるみを与えられて、背負い帯などで、柱に、皮脂のうすいおなかをつないでおかねばならない。それでも掘りゴタツに落ちてしまったりして火傷し、縁からおちた打傷など、多少の生傷は、たいていの子どもが持っていた。コタツに落ちても、おおかたの子が助けを呼ぶことはできないのである。(同前)

「コタツに落ちても、おおかたの子が助けを呼ぶことはできないのである」。これが水俣病をめぐる現実です。

苦しければ私たちは声を上げます。その声さえ奪うのが水俣病です。また、この一節を読むと私のなかでは、離れたページにある江津野杢太郎《もくたろう》という少年をめぐって書かれた次の一節が響き合うように浮びあがってきます。

杢は、こやつぁ、ものをいいきらんばってん、ひと一倍、魂の深か子でござす。耳だけが助かってほげとります。

何でもききわけますと。ききわけはでくるが、自分が語るちゅうこたできまっせん。（第四章「天の魚」）

「杢」とは杢太郎少年の愛称です。彼の祖父は、孫は言葉を奪われている、しかし、その分だけ魂が深いと言う。語ることを奪われるような日々を送らなければならなかったが、この子どものなかには賢者の魂が育っている、というのです。

耳だけは全部聞こえていて、全部分かっている。でも語ることはできない。それをおじいさんは「ひと一倍、魂の深か子でござす」と言います。

語られないということと、叡知があるということは矛盾しません。現代人は、語られなければそこには何もない、と思いがちですが、そんなことはありません。語られざる叡知はある、ということに石牟礼は気がつくのです。

『苦海浄土』には、こうした小さな賢者たちの姿が幾人も描かれています。彼、彼女たちは、単にかわいそうな人々ではありません。計り知れないほど深重な人生の意味を教えてくれている魂の先達でもあるのです。

先立つ者の悲痛

年齢から考えても祖父は、いずれ杢太郎少年を残して先に逝《い》かなければならない。少年が背負っている苦痛は筆舌に尽くしがたい。しかし、それとは別な、先立たなくてはならない者の苦痛もある。先に見た言葉のあとに祖父はこう語ります。次の一節は、黙読するだけでなく、ぜひ、声に出して読んでみてください。

　なむあみだぶつさえとなえとれば、ほとけさまのきっと極楽浄土につれていって、この世の苦労はぜんぶち忘れさすちゅうが、あねさん、わしども夫婦は、なむあみだぶつ唱えはするがこの世に、この杢をうっちょいて、自分どもだけ、極楽につれていたてもらうわけにゃ、ゆかんとでござす。わしゃ、つろうござす。
　これの父《とと》も水俣病でござすとも。あやつは青年のころは、そら人並すぐれて働きもんでやしたて。今はあんころとくらぶれば半分もござっせん。役に立たん体にちなってしもた。親子二人ながら水俣病でござすちゃ、世間の狭うしてよういわれん。役場にゃ世帯主に立てて、一人前の人間につけ出しとるが、わしがためにゃたったひとり出けた息子も、ああいうふうにしとるのをみれば、水俣病にちがいなか。後《のち》ぞえ貰うてくりゅうにも、このようになってしもうた家に、どこのおなごが、ちらりともかたぶいて見るじゃろか。決して来てくるるおなごはおりやっせん。かしら孫はいま四年生でござす。わしが死ねば、この家のもんどもは、どがんなりますか。

あねさん、この杢のやつこそ仏さんでござす。（同前）

これが水俣病に襲われた家族の現実です。祖父の息子、つまり杢太郎の父親も水俣病でした。働き頭の父親が水俣病になれば当然収入はなくなります。しかしこのときは水俣病が公害病であるとは認められていませんから誰も支えてはくれない。そればかりか、家族に複数の水俣病であることが強く疑われる人物が出ても、全員分を届け出る家族は、ほとんどありませんでした。社会に負担をかけてはならない、病を背負った人々にはそうした思いが強くあったのです。

こうした民衆が抱いていた、わが身を慈《いつく》しむような故郷への情愛は、現代に生きる私たちには理解が難しいかもしれません。被害を受けた者たちが、迷惑をかけてはならないというのです。

水俣病患者が何人いたのかは、現在でも分かりません。この問題を考えるとき、こうした地域を愛した者の良心を感じつつ、認識を深めていかなくてはならないのではないでしょうか。

沈黙の祈り

自分はいずれ逝かなくてはならない。そう感じた祖父は海から一つ石を拾い上げ、それに祈りを込め、杢太郎の守護を祈ります。

あの石は、爺やんが網に、沖でかかってこらいた神さんぞ。あんまり人の姿に似とらいたで、爺やんが沖で拝んで、自分にもお前どんがためにも、護り神さんになってもらおうと思うて、この家に連れ申してきてすぐ焼酎《おみき》ばあげたけん、もう魂の入っとらす。あの石も神さんち思うて拝め。

爺やんが死ねば、爺やんち思うて拝め。わかるかい杢。お前やそのよな体して生まれてきたが、魂だけは、そこらわたりの子どもとくらぶれば、天と地のごつお前の魂のほうがずんと深かわい。泣くな杢。爺やんのほうが泣こうごたる。

杢よい。お前がひとくちでもものがいえれば、爺やんが胸も、ちっとは晴るって。いえんもんかのい――ひとくちでも。（同前）

これほど深く祈りを生きた者の姿を、私は見たことがないように思います。

水俣病が起こったとき、日本の宗教界は沈黙しました。強い関心を抱いた宗教者はいました。しかし、宗教界が力を合わせて患者とその家族の魂に呼びかけるようなことはなかった。

この事実は過去の問題ではありません。同質なことは東日本大震災のあとにも起こったからです。遺族が、亡き人との新しい関係を見失いつつも渇望していたとき、例外的な宗教者たちを別にすれば、宗教界はやはり死者をめぐって語ることはありませんでした。

祖父は、自分が漁で沖から獲ってきた石に焼酎をかけて、これで魂が入った、これがお前の守り神だと言う。既存の宗教とはまったく違った、信ずることの原点がここにあります。教義や経典を媒介としない、超越者と生者と死者の、生死を超えた結びつき、人間と人間のつながりが、先の一節には描き出されているように思われます。

原始に似た言葉で「始原」という言葉があります。原始と始原はまったく異なる意味です。原始時代は歴史的過去を示す表現ですが、始原は、ことの起源だけでなく、ありのままの姿で存在するさまを指す言葉でもあります。ここにあるのは原始的な営みではありません。始原的な祈りです。「信ずる」という営みの秘義が、ありのままに表れている、壮絶かつ、悲惨な水俣病事件を背景に生まれた、豊饒なる叡知がここにもあるように思われます。

このころの石牟礼の心境を、彼女と四十年来の親友でもある染織家で随筆家の志村ふくみ[*14]がじつに的確に書き記しています。

石牟礼さんは、イバン・イリイチ氏[*15]との対談で次のように語っている。

「極端な言い方かも知れませんが、水俣を体験することによって、私達が知っていた宗教はすべて滅びたという感じを受けました。（中略）」

私はこの文章を読んだ時、つよい衝撃をうけた。あれから十数年経ってもその思いはすこしも変ることがない。すべての宗教が滅び、水俣のような受難とひき替えに新しい宗教が興るか、もし二十一世紀以後生きのびることができれば次の世紀へのメッセージとして宗教的な縦糸が果してのこせるのか、またそれを読み解くことができるか、これらの予言が常に私の内部で因陀羅網《いんだらもう》[*16]の網の目のようにゆらぎふるえつつ何かを期待していたのだろうか。水俣に石牟礼さんの存在を知り、『苦海浄土』を読んで以来、片時も離れることのない想いである。（志村ふくみ「不知火」『ちょう、はたり』）

「私達が知っていた宗教はすべて滅びた」とは強靭《きょうじん》な言葉です。『苦海浄土』という書名からも分かるように、石牟礼は人間を超える者に対し、とても敬虔《けいけん》な心をもっている人物です。それでもなお、現代の宗教は、もっとも強く助けを必要とする者たちに寄り添う言葉も態度ももっていないように思われる、というのです。志村もまた、水俣病事件は、政治、経済、あるいは補償という視座からだけでなく、人間の存在の根底にかかわる救済の問題として認識しなくてはならないと訴えます。今日の「宗教」は、こうした現実を前に、どんな役割を果たし得るだろうかと問いかけるのです。

『花の億土へ』

『花の億土へ』という本に、石牟礼の心中が端的に語られている一節があります。その文章で第1章を締めくくりたいと思います。

美とは悲しみです。悲しみがないと美は生まれないと思う。意識するとしないとにかかわらず、体験するとしないとにかかわらず、背中合わせになっていると思います。（『花の億土へ』）

大きな悲しみを背負った者の生のなかにこそ、至上の美があるというのです。一見すると矛盾するように感じるかもしれません。たしかに、現代に生きる私たちには悲しみと美があまりにかけ離れたものになっています。

ですが、きよ子や杢太郎少年やその家族の生涯には底知れない悲しみと嘆きと共にこれまで感じたことのないような「美」があるのは、これまで見てきた通りです。

ここで石牟礼がいう「美」は、しばしば世の中で取り上げられるような華美や華麗といったものとはまったく異なるものです。美や醜という相対的なものとは違う「美」です。それを志村ふくみが精神の師と慕う柳宗悦[*17]は、美醜を超えた「不二の美」だと語りました。

何かがありのままに生きていること、善悪、好悪、優劣など世界を二分する以前のありよう、それを柳は「不二」という言葉で表現した。「悲しむ人は幸いである」とイエスは言いましたが、ここで語られているのも同質のことではないでしょうか。

この章の初めにかつて「かなし」は「悲し」、「哀し」だけでなく「愛し」、「美し」と書いても「かなし」と読んだ、と書きました。悲しみの底には、悲しみを生きる者を哀れと思い、深く憐憫《れんびん》を感じる心があり、悲しみとは、自分が愛する者を深く認識する契機であり、その経験の奥には底知れない美の世界が広がっている。『苦海浄土』は、悲しみの記録です。しかし、それは先人たちが「かなし」という言葉に込めた意味に深く根差した「かなしみ」の歴史だったのです。

＊1　チッソ

一九〇八年に日本窒素肥料として設立され、五〇年に新日本窒素肥料、六五年にチッソと社名変更。日本の高度経済成長を牽引する化学メーカーとなるが、化学原料の製造過程で副生されたメチル水銀を含む工場廃水が水俣病を引き起こした。二〇一一年、新設した子会社ＪＮＣに営業事業を譲渡し、チッソは水俣病に対する補償業務専業となった。現在、ＪＮＣは液晶、電子部品や化学製品などの素材を製造している。

＊2　『サークル村』

筑豊の炭坑を拠点に九州から山口の労働者をつなぐ社会運動から生まれた文化交流誌。一九五八年に谷川雁、上野英信、森崎和江らが創刊。谷川は水俣の出身。

＊3　水俣病公式確認

一九五六年五月一日、二歳と五歳の姉妹が手足の硬直や言語障害の症状を示す「原因不明の病気」にかかったとして保健所に届け出があり、公式に記録されたのが公式確認の日とされる。しかし、それ以前の五三年頃から水俣湾周辺の漁村で多数のネコの死亡や、原因不明の患者が発生し、「奇病」「伝染病」と恐れられていた。政府が正式見解を発表し、熊本水俣病が公害病と認定されたのは六八年。

＊4　有機水銀

チッソ水俣工場では、化学肥料やプラスティック製造に必須な物質を作る原料となるアセトアルデヒドを作るために、触媒として無機水銀を使用。この製造工程で無機水銀はメチル水銀という有機水銀に化学変化して、未処理のまま不知火（八代）海へ排出され、魚介類の体内で濃縮蓄積された。その魚介類を地域住民が多食することにより水俣病が生じた。メチル水銀が水俣病の原因と特定されたのは一九六三年のことである。

＊5　原田正純
一九三四〜二〇一二。医師。熊本大学医学部で水俣病を研究。胎児性水俣病の発生過程を明らかにする。水俣病の教訓を将来に活かす「水俣学」を始め、海外の公害病にも目を向けた。著書に『水俣病』『水俣が映す世界』など。『水俣病は終っていない』は一九八五年刊。

＊6　島原の乱
一六三七年から翌年にかけ、大名によるキリシタン弾圧や過酷な収奪に苦しむ島原（長崎県）と天草（熊本県）の農民らが天草四郎時貞の下に蜂起。約三万七千人が原城跡（南島原市南有馬町）に立て籠もったが、幕府や九州諸藩の十二万の兵力により制圧された。

＊7　神田千里
一九四九〜。歴史学者。専門は日本中世史。東洋大学文学部教授。著書に『島原の乱』『織田信長』など。

＊8　甘藷、蔬菜
甘藷はサツマイモ、蔬菜は野菜。

＊9　宇井純
一九三二〜二〇〇六。環境学者。東京大学工学部卒業後、化学メーカーに勤め、そこでの経験をきっかけに、水俣病をはじめとする公害病の原因究明と被害者支援活動に取り組み続けた。沖縄大学名誉教授。著書に『公害原論』『公害の政治学』など。

＊10　中村桂子
一九三六〜。生命科学者。ＪＴ生命誌研究館館長。生命の歴史物語を読み取る「生命誌」を提唱。著書に『自己創出する生命』『絵巻とマンダラで解く生命誌』など。

＊11　江上不二夫

一九一〇〜八二。生化学者。リボ核酸（RNA）分解酵素の発見や生命の起源の研究で知られる。著書に『生体の化学』『生命を探る』など。

＊12　ソクラテス

前四七〇／四六九〜前三九九。古代ギリシアの哲学者。独特の問答法により人々を真理と徳の探求へと導いた。自著は残さなかったが、その思想は『ソクラテスの弁明』など弟子プラトンの書によって今日に伝わる。

＊13　無知の知

プラトン著『ソクラテスの弁明』から派生した言葉。「私は自分が知らないことについては、それを知っていると思ってもいないという点で、知恵があるように思えたのです」（三嶋輝夫訳、講談社学術文庫）という不知の自覚をいう。

＊14　志村ふくみ

一九二四〜。染織家・随筆家。植物染料による紬織の研究と制作で知られる。人間国宝。著書に『一色一生』『語りかける花』など。

＊15　イバン・イリイチ

一九二六〜二〇〇二。オーストリア出身の思想家。カトリック司祭だったが、ローマ・カトリック教会との軋轢により還俗。以後、産業社会への批判を展開。著書に『脱学校の社会』『コンヴィヴィアリティのための道具』など。

＊16　因陀羅網

帝釈天（インドラ神）の宮殿《くうでん》である帝釈天宮に幾重にも張りめぐらされた宝網のこと。結び目の一つ一つにつけられた宝珠が光り輝き、互いに照らしあい映しあうことから、すべての存在は在り方としても働きとしても互いに入り組んでいて一体不離であることの喩えとして使われる。

＊17　柳宗悦

一八八九～一九六一。宗教哲学者。東洋大学で宗教哲学を教える一方で民藝運動を提唱。ソウルに朝鮮民族美術館、東京・駒場に日本民藝館を設立した。著書に『工藝の道』など。

第2章――近代の闇、彼方の光源

巫女の誓願

前章で、『苦海浄土』第三章となる「ゆき女きき書」の第一稿が一九六〇年に「奇病」という題名で発表されたことにふれました。そして、一九六五年から『熊本風土記』という雑誌で改めて、今日の『苦海浄土』の第一稿というべきかたちで「海と空のあいだに」という題名で、連載が始まります。この作品が生まれるにあたって、大変重要な働きを担ったのが渡辺京二[*1]でした。現代日本屈指の思想家である彼は当時、この雑誌の編集責任者を務めていました。原稿が持ち込まれたとき、渡辺は的確に石牟礼の作品世界に潜む可能性を見出します。その文章を手にしたとき「これが容易ならざる作品であることを直感した」（「解説　石牟礼道子の世界」『苦海浄土』）と当時の印象を語っています。

この出会いがなければ『苦海浄土』が完成することはなかったかもしれません。渡辺は、「私のしたことはせいぜい誤字を訂正するくらいであった」と同じ一文に書いていますが、書き手にとって自らに劣らない熱意をもって読んでくれる者の存在は何ものにも替えがたいものです。この頃を振り返って石牟礼自身はこう書いています。

そのときまでわたくしは水俣川の下流のほとりに住みついているただの貧しい一

主婦であり、安南《あんなん》、ジャワや唐《から》、天竺《てんじく》*2をおもう詩を天にむけてつぶやき、同じ天にむけて泡を吹いてあそぶちいさなちいさな蟹たちを相手に、不知火海の干潟《ひがた》を眺め暮らしていれば、いささか気が重いが、この国の女性年齢に従い七、八十年の生涯を終わることができるであろうと考えていた。（第三章「ゆき女聞き書」）

少し詩を書く主婦だった。ここでの「安南、ジャワや唐、天竺」は、この世の具体的な場所であるより、彼方の世界ともいうべき、象徴的な場所でしょう。時空を超えて詩をつむぎながら、生涯を終えるつもりだった。しかし、今、こうしてこの世に起こりつつある水俣病をめぐる熾烈な、ときに陰惨な出来事の実相を追究しつつある。何が自分をここまで運んで来たのかと、石牟礼は問うのです。

なぜ石牟礼は、この物語を書いたのか。言い換えるなら、なぜこの物語を書くことができたのか。このことは何が書かれているかに劣らない問題であるように思われます。その経緯がはっきりと示されている一節があります。

水俣病の死者たちの大部分が、紀元前二世紀末の漢の、まるで戚夫人《せきふじん》が受けたと同じ経緯をたどって、いわれなき非業《ひごう》の死を遂げ、生きのこっているではないか。

呂太后《りょたいこう》*3をもひとつの人格として人間の歴史が記録しているならば、僻村《へきそん》といえども、われわれの風土や、そこに生きる生命の根源に対して加えられた、そしてなお加えられつつある近代産業の所業《しょぎょう》はどのような人格としてとらえられねばならないか。独占資本のあくなき搾取のひとつの形態といえば、こと足りてしまうか知れぬが、私の故郷にいまだに立ち迷っている死霊や生霊の言葉を階級の原語と心得ている私は、私のアニミズムとプレアニミズムを調合して、近代への呪術師とならねばならぬ。（第一章「椿の海」）

第1章で引用した文章とは語調も律動も異なる一節です。ここで「呪術師」になる、というのは比喩ではありません。ただ、ここでの「呪術」とは、何かを呪うことではありません。「立ち迷っている死霊や生霊」である水俣病の患者たち、すなわち、語ることを奪われた死者、言葉を奪われ、生きている者たちが表し得なかった思いをよみがえらせ、それに言葉という姿を与えることにほかなりません。

自らの思いを書き記すのではなく、隠された言葉が顕われる通路にならなくてはならないと思った、というのです。このときが作家石牟礼道子誕生の瞬間だったと言ってよいと思います。

不可視な「人格」

ここで注目してみたいのは、「近代産業の所業はどのような人格としてとらえられねばならないか」という一文です。近代産業には、「人格」としか呼びようのない何かが生きていると彼女は感じている。化け物のような、終わることのない欲望のうごめきを「人格」としてとらえ直してみなければこの問題に真に対峙《たいじ》したとは言えない、というのです。

時代は目に見えません。それに「人格」を感じるとは奇妙に聞こえるかもしれませんが、ここにいかに大きな問題があるかは、私たちの日常を振り返ってみればすぐに分かります。

国が、会社が命じた、と述べ、あえて非人格的な表現をとり、特定の人間には責任がないかのように語る者たちの言葉を、私たちは今も日々、耳にしています。そこに働いているのは人間だけなのに、人間がやったのではないような表現を押し付けられることがある。

水俣病の運動は、水俣市に訴えるところにはじまり、ついに国と争うことになります。しかし、訴えを胸にした人々は口々に、首都である東京に行ったが、どこにも

「国」はなかったと言い、戻ってきます。国というのは、最高裁判所の裁判官なのか、長官なのか、総理大臣なのか、分からない。実体はない。しかし訴えは国にするほかない。そうした人々の思いを石牟礼は作品中でも描き出しています。

「東京にゆけば、国の在るち思うとったが、東京にゃ、国はなかったなあ。あれが国ならば国ちゅうもんは、おとろしか。（中略）むごかもんばい。見殺しにするつもりかも知れん。おとろしかところじゃったばい、国ちゅうところは。どこに行けば、俺家《おるげ》の国のあるじゃろか」（「神々の村」『苦海浄土』第二部）

ここで述べられている現実は、今日もなお、続いています。『苦海浄土』は、過ぎ去った時代の記録ではありません。今、起こりつつある命名しがたい何か大きな出来事を語っているのです。

もう一つの「人格」

「人格」は先に述べたような他者を苛《さいな》むような働きばかりを指すのではありません。石牟礼は、第1章で引用した、水俣病の子どもたちを乗せたバスの運転手・大塚青年のふるまいをめぐって、この男性は、はっきりと優しさを表すことができない一方で、「同じ故郷を持つもの同士への本能的な連帯心」があると書いています。これも「人格」の一つのあらわれです。

他者が傷付くのを見ると自分の心も痛む。これが本能的な連帯心です。水俣病という未曽有の問題に立ち向かうとき、近代的な理性に基づく「義務感」による連帯ではなく、本能による連帯をよみがえらせなくてはならないというのです。

また、この指摘は、現代人がどこかで軽んじている本能の復権を唱えるだけでなく、理性だけで世界をとらえようとする今日の傾向への警鐘でもあります。

たとえば、水俣病の問題は悲しむべき出来事だが、同様のことは世界の多くの場所で起こっていると語るとする。ここに表記上の誤りはありません。しかし、こう発言する者の心に、これまで見てきたきよ子や杢太郎青年の姿がありありと思い浮かんでいるかは分かりません。

知性や理性が独走するとき、それはとても危うい。それらは本能と結びついてはじめて人間性に深く根差した働きたり得るのではないでしょうか。

世の中で起こっていることを沈着にとらえるのが重要であるのは言うまでもありませんが、そうした営みが苦しみと悲しみを無化してしまうのであれば大きな誤認だと言わなくてはなりません。社会現象も現実ですが、一個の人間の心のなかで起こっていることもまた、重大な事実なのです。

なぜ、『苦海浄土』を書いたのか

「はじめに」でもふれましたが、あるとき、石牟礼に「どういうお気持ちで『苦海浄土』を書いたのですか」と尋ねたことがあります。その問いに対して彼女が、「新しい詩の形を示してみたいと思った」と語ってくれたことがあり、強烈に印象に残りました。

それからしばらくして、新聞紙上で対談をする機会があり、改めて、彼女にとって詩とは何か、と問い直してみたのです。すると少し沈黙をはさんで次の言葉が聞こえてきました。

近代詩というのがありますね。古典的な詩もあります。それらとは全く違う、表現が欲しかったんですよ。水俣のことは、近代詩のやり方ではどうしても言えない。詩壇に登場するための表現でもない。闘いだと思ったんです。1人で闘うつもりでした。今も闘っています。（「新潟日報」二〇一六年三月二十七日）

これを聞いたとき、文字通り、震えが全身を貫きました。こうして書いている今も震えがよみがえってきます。

『苦海浄土』という本は、彼女にとって長大な詩だったのです。詩はときに叫びであり、嘆きであり、また呪詛の言葉であり、そして祈りでもある。

また詩の解釈には、決まった答えなどありません。詩は、書かれた時点で完成するのではなく、読まれて命を帯びるものです。彼女が「詩」という言葉で表現しようとしているのは、読まれることで初めて完成する言葉であるということでもあるでしょう。「詩」は詩人のものではありません。詩人は何ものかから「詩」を託された者であるにすぎません。ここで彼女がいう「詩」は、作者の手を離れ、さらにいえば作者の名前すら消えて読み継がれていく言葉ということであるように思われます。

作品としての『苦海浄土』の作者は石牟礼道子です。しかし、この作品にはじつに多くの人物が登場する。彼女は、そうした語り得ない人たちの悲痛な思いの器としてわが身をささげようとしている。

ですが、こうした行為はいわゆる代弁とは違います。代弁者はしばしば誰かの名を借りて、自分のことを語ることがある。それは、『苦海浄土』における石牟礼道子の態度からは、もっとも遠くにあるものです。

彼女は詩を一人での闘いだと述べ、さらに今も闘っている、といいました。ここで考えてみたいのは「ひとり」であることの意味です。

力と量によってのみ価値をはかろうとする「近代産業」の暗部に生まれた、命名し難い化け物に立ち向かうには、人はひとりにならなければならないと石牟礼は感じている。化け物は、群集によってつくられた。群れと闘い得るのは、もう一つの群れではなく、個である、という確信がここにあります。

人は、群れた途端に見えなくなるものがあります。だが、ひとりでいるときには、はっきりと見える。石牟礼はそのことに気づき、ひとりで闘った。

そう動いたのは石牟礼だけではありません。周囲を見ると、それぞれ、自らの存在を賭して、ひとりで闘おうとする人々がいるのに気がつく。これまでに見た、医師の原田正純や公害学の宇井純、思想家の渡辺京二もそうです。

水俣の運動で人々は、集うことはあっても群れません。それぞれの志、それぞれの立場を持って集うけれど、けっして群れない。こうしたところにおいても水俣病運動は、市民運動として、じつに特異な性質を帯びてきます。そこに真の意味で民衆の叡知が生まれるのは必然でした。このことは第4章で改めて考えてみます。

なぜ、水銀を流し続けたのか

ここで、もう一度、なぜ、有害であると分かっていながらチッソをはじめ、行政あるいは国家までもが有機水銀を川へ海へと流し続けたのか、あるいはそれを黙認したのかという問題を考えたいと思います。宇井純は、第1章で引用した自伝の中でこう書いています。

下流の精製過程では、パイプや装置のあちこちにキラキラ光る金属水銀を見ることが普通であり、整備、掃除を担当した私は、あまり考えずにその水銀を下水に流していた。もっとも、水銀の毒性については知っているから、工場から外へ流すのは深夜の仕事だった。（宇井純、前掲書）

この後、宇井は強靭な言葉で水俣病を発生させた世界観を糾弾《きゅうだん》していく立場をとることになる。しかしその人ですら、会社勤めをしているときには有機水銀の排出を黙認していたというのです。

ここには会社が認めているのだから問題はない、という漠とした了解がある。この漠とした了解が、どれほどの危険をはらんだものだったかは改めて言うまでもありません。

『苦海浄土』で宇井は、本名の「宇井純」としてだけでなく、「富田八郎」という筆名でも登場します。これは「トミタハチロウ」ではなく「トンダヤロウ」と読みます。ここには、おそらく大きな悔恨が込められているのでしょう。

悪いことというのは、誰の目にも分かりやすい「悪」の姿をして現れてくるのではないのです。宇井は、悪はいつも、漠とした姿をして現れる、と実感をこめて語るのです。

「原経験」としての釜鶴松との出会い

さて、この章の主題である「近代の闇」を考える上で、とても大事な人物が釜鶴松《かまつるまつ》です。その姿は作品で、次のような鮮烈な言葉によって表現されています。

彼はいかにもいとわしく恐ろしいものをみるように、見えない目でわたくしを見たのである。肋骨の上におかれたマンガ本は、おそらく彼が生涯押し立てていた帆《ほ》柱《ばしら》のようなものであり、残された彼の尊厳のようなものにちがいなかった。まさに死なんとしている彼がそなえているその尊厳さの前では、わたくしは――彼のいかにもいとわしいものをみるような目つきの前では――侮蔑《ぶべつ》にさえ価いする存在だった。実さい、稚《おさな》い兎か魚のようなかなしげな、全く無防禦なものになってしまい、恐ろしげに後ずさりしているような彼の絶望的な瞳のずっと奥の方には、けだるそうなかすかな侮蔑が感ぜられた。（第三章「ゆき女きき書」）

ここで描かれているのは、釜鶴松が石牟礼道子個人をどう見たかという光景ではありません。

このとき石牟礼は、私たちと同じく、物質的発展に軸足を置いた近代人の代表者として立っています。一方の釜鶴松は古人《いにしえびと》です。古人は、自然と深く関わり、調和しながら生きている。ここで描かれているのは、人間の欲望のために自然を踏みにじって何ら疑問を持たない近代人と、自然に生かされていると感じている古人との対峙です。近代人は隣人を傷つけただけでなく、自然の理法すら破壊しようとしたと、釜鶴松は沈黙のうちに語っている。さらに石牟礼は、こう続けています。

安らかにねむって下さい、などという言葉は、しばしば、生者たちの欺瞞《ぎまん》のために使われる。
このとき釜鶴松の死につつあったまなざしは、まさに魂魄《こんぱく》この世にとどまり、決して安らかになど往生しきれぬまなざしであったのである。（中略）
この日はことにわたくしは自分が人間であることの嫌悪感に、耐えがたかった。釜鶴松のかなしげな山羊《やぎ》のような、魚のような瞳と流木《りゅうぼく》じみた姿態と、決して往生できない魂魄は、この日から全部わたくしの中に移り住んだ。（同前）

「魂魄」とは中国における魂の考え方です。魂は二つあり、死んだら一つは現世に残り、もう一つは天に行くとされています。「人間の肉体の中には二つの違った魂《たましい》が住む。その一つは『魂』、他は『魄』。『魂』は陽性で天に属し、人体に宿っては人の霊性を代表する。これに対して『魄』は陰の性で、もともと地に属し、人体にあってはその身体的、物質的側面を司る」（『意識と本質』）と哲学者の井筒俊彦[*4]は書いています。

このとき、釜鶴松はまだ生きていますが、彼の両方の魂は、天に行くのではなく、このときから、石牟礼の中にすべて移り住んだというのです。これから自分は、釜鶴松に代表される傷つけられた古人たちの魂の反響板になる、というのです。

第1章でもふれましたが、この作品を読んでとても不思議に感じるのは、恨みが、恨みのままでは描かれていないことです。

罪のない人が襲われるように水俣病を強いられ、差別を受ける。そこに原因企業、国家、行政、さまざまなものへの容易には打ち消し難い恨みがないはずがありません。しかし、釜鶴松においても、恨みだけがあるのではなく、そこには人間のいのちをめぐる悲願としか呼ぶことのできない情感のうごめきがある。石牟礼は、そのことから目を離さない。苦しんでいる者から、計り知れないほど深い祈りが発せられているのをけっして見逃さないのです。

患者たちは何を祈ったか

加害者となったチッソは、補償金を支払うことで、この問題を無かったことにしようとしました。しかし、患者たちの、本当の望みは、まったく異なる性質のものでした。

水俣病患者互助会《ごじょ》五十九世帯には、死者にたいする弔慰金《ちょうい》三十二万円、患者成人年間十万円、未成年者三万円を発病時にさかのぼって支払い、「過去の水俣工場の排水が水俣病に関係があったことがわかってもいっさいの追加補償要求はしない」という契約をとりかわした。

おとなのいのち十万円
こどものいのち三万円
死者のいのちは三十万
と、わたくしはそれから念仏にかえてとなえつづける。（第二章「不知火海沿岸漁民」）

追加の請求はしない、という会社側からの申し出には、いのちの問題さえも金銭で解決できるという暗黙の認識があります。

もし、患者たちが求めていたものが金銭だけだったなら、水俣病問題はすでに解決しているはずです。きよ子も、ゆきも九平、杢太郎も釜鶴松も願っていたのは、かつての日々を生き直すことです。労苦と貧しさのなかであっても、愛する者たちと自然の力に感謝をささげながら生きることです。

自分の体に二本の足がちゃんとついて、その二本の足でちゃんと体を支えて踏んばって立って、自分の体に二本の腕のついとって、その自分の腕で櫓《ろ》を漕いで、あをさをとりに行こうごたるばい。うちゃ泣こうごたる。もういっぺん――行こうごたる、海に。（第三章「ゆき女きき書」）

もう一度海に戻りたい。これが患者たちの願いでした。

「水俣病は終わらない」、私たちは、この言葉を何度思い出してもよいのだと思います。

さらに『苦海浄土』の「あとがき」には、患者の遺族が語ったこんな言葉すら刻まれています。

「銭は一銭もいらん。そのかわり、会社のえらか衆の、上から順々に、水銀母液ば飲んでもらおう。（四十三年五月にいたり、チッソはアセトアルデヒド生産を中止、それに伴う有機水銀廃液百トンを韓国に輸出しようとして、ドラムカンにつめたところを第一組合にキャッチされ、ストップをかけられた。以後第一組合の監視のもとに、その罪業の象徴として存在しているドラムカンの有機水銀母液を指す）上から順々に、四十二人死んでもらう。奥さんがたにも飲んでもらう。胎児性の生まれるように。そのあと順々に六十九人、水俣病になってもらう。あと百人ぐらい潜在患者になってもらう。それでよか」

もはやそれは、死霊あるいは生霊たちの言葉というべきである。

記号的に読むと、とても暴力的です。もちろんこの声を発している人たちは、そんなことはできないと分かっています。ただ、これほどまでの言葉が発せられるに至る怒りがあるのは事実です。しかし、それを踏まえた上で、声に出して読んでみると、感じるものは違ってくるように思われます。

表面的にはとても暴力的で強い言葉の奥に、底知れない情愛が潜んでいるのに気が付きます。自分の一番大事な人が傷付けられた、それは自分の身を傷付けられるよりよほど痛い。その苦痛の叫びが、そのまま情愛が込められた祈りになっているのが感じられるのではないでしょうか。

隠蔽の空気

ここで、チッソがつくった、水俣病をめぐる社会的な雰囲気を見てみましょう。次の一節の「少年」は、第1章で先に見た、石と野球をしていた山中九平のことです。

その言葉はもう十年間も、六歳から十六歳まで、そしておそらく終生、水俣病の原因物質を成長期の脳細胞の奥深く染みこませたまま、その原因物質とともに暮らし、それとたたかい（実際彼は毎日こけつまろびつしてたたかっていた）、完全に失明し、手も足も口も満足に動かせず、身近に感じていた人間、姉や、近所の遊び仲間でもあった従兄や従妹などが、病院に行ったまま死んでしまい、自分も殺される、と、のっぴきならず思っていることは、この少年が年月を経るにしたがって、奇怪な無人格性を埋没させてゆく大がかりな有機水銀中毒事件の発生や経過の奥に、すっぽりと囚われていることを意味していた。（第一章「椿の海」）

ここで石牟礼は「たたかい」という言葉を用いています。患者たちは「たたかい」を強いられた者たちだというのです。

病気を背負いながら生きている子どもたちは、自分もいずれ死んでいくということを、はっきり認識していた。このとき少年が強いられた孤独の深みを思うとき、胸が張り裂けるような思いがします。ここで少年は二重の孤独を感じています。一つは死を前にした実存的な孤独です。そして、もう一つは水俣病を否《いな》み、差別しようとする圧力によって形成される社会的な孤独です。文章は、さらに続きます。

水俣病を忘れ去らねばならないとし、ついに解明されることのない過去の中にしまいこんでしまわねばならないとする風潮の、半ばは今もずるずると埋没してゆきつつあるその暗がりの中に、少年はたったひとり、とりのこされているのであった。
（同前）

これまで見てきたように『苦海浄土』の登場人物の名が固有名ではないのと同じく、「チッソ」も固有名ではない。一企業の名称であると共に、近代がつくり出した化け物の別名なのです。チッソの活動は、国の強力な援助のもとに行われていました。当然ながら地方自治体にとって、この会社はとてつもなく大きな財源でした。化け物は今も生きている、私にはそう感じられます。

化け物は人間の目もくるわせます。「水俣病のなんの、そげん見苦しか病気に、なんで俺がかかるか」。そう語る患者の姿を石牟礼は作中に描き出しています。患者自身が被害者であることを否定し始めるのです。

彼はいつもそういっていたのだった。彼にとって水俣病などというものはありうべからざることであり、実際それはありうべからざることであり、見苦しいという彼の言葉は、水俣病事件への、この事件を創り出し、隠蔽《いんぺい》し、無視し、忘れ去らせようとし、忘れつつある側が負わねばならぬ道義を、そちらの側が棄て去ってかえ

> りみない道義を、そのことによって死につつある無名の人間が、背負って放ったひとことであった。（同前）

企業は巧妙に患者たちが水俣病であることを公言できない、するべきではない、という空気を造っていきます。ここに私たちは、石牟礼がいう「人格」が悪に手を貸す姿を目撃していきます。

その結果、水俣病患者の訴えは減っていく。さらに原因が不明であるという風潮を造ることで企業側は、責任を免れることができた。

「水俣病」という表現は、それが、あたかも肉体の弱化や感染による病気のようなものであることを暗示させますが、事実はまったく違います。それは人間による、確信的な行いに基づく人災です。「患者」と呼ばれている人々は、完全な被害者であることを私たちは幾度でも確認し直さなくてはならない。

過剰な表現は慎むべきであることは承知した上で、やはり水俣病事件は、無差別に人間の生命を奪った大量殺人行為《ジェノサイド》だったことは否めないと思います。水俣病をめぐる考察で優れた業績を残している栗原彬[*7]も『「存在の現れ」の政治——水俣病という思想』で水俣病は「ジェノサイド」だったと書いています。

魂を溶かすもの

『苦海浄土』を読んでいると、さまざまなところで、ナチス・ドイツによるユダヤ人強制収容所での自らの経験を書いた、ヴィクトール・フランクル[*8]の『夜と霧』を想起させられます。被害者となった人々にはそれを避ける道はなかったという点においてもフランクルの経験と響き合うものがそこにあります。

『夜と霧』でフランクルは、収容所に入れられた際、最初に強いられるのは身につけているものをすべて奪われることであり、ついには名前ではなく番号で呼ばれるようになる、と述べていますが、同質のことが水俣病の患者たちにも起こっていました。

杉原彦次の次女ゆり。41号患者。
むざんにうつくしく生まれついた少女のことを、ジャーナリズムはかつて〝ミルクのみ人形〟と名づけた。現代医学は、彼女の緩慢な死、あるいはその生のさまを、規定しかねて「植物的な生き方」ともいう。（第五章「地の魚」）

ここにあるのは客観的な表現ではありません。むしろ非情かつ、暴力的です。ときに情感を欠いた客観的な記述は大きな誤りを犯すことがある。この一節は、不用意な言葉がいかに人を深く傷付け得るかという、悪しき証明のようにさえ映ります。

一方、こうした非人間的な言葉とは対極をなすようにゆりの母親は、わが子の「魂」はどこにいったのかと、悲痛な言葉で天に問い質すように語ります。

「ゆりはもうぬけがらじゃと、魂はもう残っとらん人間じゃと、新聞記者さんの書いとらすげな。大学の先生の診立《みた》てじゃろかいなあ。

そんならとうちゃん、ゆりが吐きよる息は何の息じゃろか――。草の吐きよる息じゃろか。

うちは不思議で、ようくゆりば嗅いでみる。やっぱりゆりの匂いのするもね。ゆりの汗じゃの、息の匂いのするもね。体ばきれいに拭いてやったときには、赤子のときとはまた違う、肌のふくいくしたよか匂いのするもね。娘のこの匂いじゃとうちは思うがな。思うて悪かろか……。

ゆりが魂の無かはずはなか。そげんした話はきいたこともなか。木や草と同じになって生きとるならば、その木や草にあるほどの魂ならば、ゆりにも宿っておりそうなもんじゃ、なあとうちゃん」（同前）

仏教の『涅槃経《ねはんぎよう》』＊9には「一切衆生悉有仏性《しゆじようしつう》」という一節があります。草や木だけでなく、大地にふれているすべてのものに仏の働きが生きている、仏性を有している、と説くのです。

ゆりの母親が感じているのも同質の世界観です。語らない草木にも仏とつながる何かがあるなら、語ることも食べることも、ほとんどできなくなったゆりにも魂がないはずはないではないか、というのです。

また、母親はわが子の魂の存在を「匂い」によって感じている。しかし、ゆりを見た記者は動けなくなったゆりの肉体しか見ない。世間の言葉を目にし、耳にすると母親の心もゆれてくる。母親は娘の魂の存在を信じつつも、こう語ります。

「ほんにほんに。ひとを呪わば穴二つじゃ。自分の穴とひとの墓穴と。うちは四つでん五つでんひとの後に穴掘るばい。わが穴もゆりが穴も。だれの穴でも掘ってやろうばい。ただの病気で、寿命で死ぬものならば、魂は仏さんの引きとってやらすというけれど、ユーキ水銀で溶けてしもうた魂ちゅうもんは、誰が引きとってくるるもんじゃろか。会社が引きとってくれたもんじゃろか？」（同前）

この一文は、さまざまな意味で恐ろしく感じられます。有機水銀は魂を溶かす、というのです。事実、魂を溶かすほどの勢いで人々の存在を脅かしたのが水俣病でした。

現代科学は、容易に魂の存在を認めないでしょう。しかし患者が考えているのは魂の問題なのです。患者たちは今も、痛む、苦しむ魂を、どうにかして国に、行政に、あるいは加害者である企業に認めてほしいと思っている。母親はさらにこう語ります。

「ゆりからみれば、この世もあの世も闇にちがいなか。ゆりには往って定まる所がなか。うちは死んであの世に往たても、あの子に逢われんがな。とうちゃん、どこに居ると？　ゆりが魂は」（同前）

もし、ゆりの魂がなくなってしまっているのなら、あの世にいってもゆりに会えない。あの世にないのなら、ゆりは、どこにいったのか、というのです。

こうした悲痛な言葉を空想的、比喩的と解釈するだけで終わりにすることは誰にも許されていないはずです。

時に生きる

後年、石牟礼は、「名残《なご》りの世」と題する講演を行っています。そこで水俣病患者たちの近くで過ごしてきた日々を振り返り、彼、彼女らの心願と、それを受け容れることのできない社会通念との間に横たわる、埋めがたい溝をめぐって次のように語っています。

〔引用者注：水俣病で〕患者さんが死んでゆかれるのに立ち会うことになってしまいまして、こういう人たちが、チッソの社長や幹部の人たちと向きあう場所に度々居り合わせたのですけれど、その向きあいますときに、自分たちは、あるいは死んだ者たちは、生きてあたりまえの人生を送りたかったのだ、ということをおっしゃりたいのですが、なかなか相手にも世間にも、それが伝わりません。金をゆすりに来たぐらいにしか受けとりません。

あたりまえに生きるとはどういうことか。この世と心を通い合わせて生きてゆきたいということなのです。（「名残りの世」『親鸞――不知火よりのことづて』）

水俣病に苦しんだ人とその家族たちが求めているることは、心を通わせて生きていくことだと石牟礼は語る。しかし、世間は、結局のところ金銭の問題ではないのかという。近代産業におかされた世界ではすべての問題は金銭に帰着すると考えるようになってしまった。いつの日からか人は、心と心を通わせるという素朴なこともできなくなってしまった。

ここでの「心」は、魂と言ってもよい。人は心でつながるとき、他者に起こった出来事もわが事として考え始める。いかにして、心と心を通わすことができる日常を取り戻すことができるか、それが『苦海浄土』をはじめとした作品で、石牟礼道子が一貫して、問うていることでもあるのです。

この作品が発刊されて、およそ五十年が経過しました。本が出たのは彼女が四十二歳になる年です。執筆を始めたころは無かった白髪が見つかるようになっていました。しかし、白髪は抜かない、終わらない死と共に生きてきた「時」の証しである。自分の白い髪を見るたびに、終わらない死を思い出す、というのです。

とある夏、髪のわけ目の中に一本の白髪をわたくしはみいだす。なるほど、まさしくこれは〝脱落〟した年月である！　そしてその年月の中に人びとの終わらない死が定着しはじめたのだな、とわたくしはおもう。わたくしはその白髪を抜かない。生まれつつある年月に対する想いがそうさせる。大切に、櫛目《くし》も入れない振りわけ髪のひさしにとっておく。わたくしの死者たちは、終わらない死へむけてどんどん老いてゆく。そして、木の葉とともに舞い落ちてくる。それは全部わたくしのものである。（第六章「とんとん村」）

彼女は確かに「ひとり」で闘おうとした。しかし、精確にいえば、無数の死者たち、「死民」と彼女が呼ぶ者たちと共に闘っていたのではないでしょうか。

『苦海浄土』の第一章「椿の海」の扉ページを開くと目立たないかたちで次のような言葉が刻まれています。

　繋《つな》がぬ沖《おき》の捨小舟《すておぶね》
　生死《しようじ》の苦海果《くがいはて》もなし

水俣病のために乗る漁民がいなくなった小さな舟が海に浮かんでいる。そこには目には見えないが、海を慕う者たちの魂がある。生きていても苦しみのなかにあった者たちは、死者となって汚染された海を見て、いっそうの悲しみをたたえている、というのです。

すべては過ぎ行く、そう現代人は信じています。だが、過ぎ行かないことがある。それはいのちである、と彼女は考えている。

生者である歳月をこの世で過ごし、肉体の滅びを経験して「生ける死者」となる。いのちは、死を経てもけっして消えない。それが石牟礼道子の確信であるように思います。

＊1　渡辺京二
一九三〇〜。日本近代史家。編集者などを経て執筆活動に入る。『苦海浄土』以後、原稿の清書や資料整理を続け、石牟礼を支える。著書に『北一輝』『逝きし世の面影』『黒船前夜』『もうひとつのこの世』など。

＊2　安南、ジャワ、唐、天竺
安南はベトナム、ジャワはインドネシア、唐は中国、天竺はインドの古称。

＊3　戚夫人、呂太后
中国前漢の高祖劉邦は、側室の戚夫人を寵愛し、その子を皇太子にしようとするが、皇后の呂太后により阻まれる。高祖の死後、戚夫人は呂太后により虐殺された。

＊4　井筒俊彦
一九一四〜九三。哲学者。三十あまりの言語に通じ、イラン王立哲学研究所教授などを務め、その研究は世界的に高く評価された。主著に『意識と本質』、主な訳書に『コーラン』など。

＊5　アセトアルデヒド
アセトアルデヒドは化学製品の製造に必要な原料で、石灰石から作られた。製造工程の途中で反応をはやめるため触媒として無機水銀が使われ、化学変化を起こしてメチル水銀（有機水銀）が副生される。これが水俣病の病原物質となった。

＊6　四十二人、六十九人
当時確認されていた水俣病による死者数と、水俣病認定患者数。

＊7　栗原彬
一九三六〜。社会学者。政治社会学の研究で水俣などを継続調査。NPO法人水俣フォーラム代表を務めた。編著に『証言 水俣病』、著書に『「存在の現れ」の政治―水俣病という思想』な

ど。

＊8　ヴィクトール・フランクル

一九〇五〜九七。オーストリアの精神医学者。ウィーンの精神科医だったが、四二〜四五年、強制収容所に収容された。四七年にその体験を「ある心理学者の強制収容所体験」という原題で出版。

＊9　『涅槃経』

大般《だいはつ》涅槃経。釈尊が死に臨んで説いた教え。日本で一般に「涅槃経」と呼ばれるのは大乗経典で、原始仏教の阿含経典とは内容が異なる。あらゆる衆生にはすべて仏性が備わり、成仏できると説く。

第3章——いのちと歴史

ライフワークとしての『苦海浄土』

生涯を通して、一枚の大きな絵を描くように言葉を紡ぎ続ける、そんな書き手がいます。石牟礼道子は、その典型的な作家のひとりです。優れた作家は、しばしば最初の作品においてすでにその力量を十分に示しますが、彼女もそうした書き手でした。『苦海浄土』は、第一部が刊行されたあと、第三部が先に完成し、続いて第二部が世に出ました。彼女のなかでは第四部も構想がある、と一九七二年に刊行された改稿版の「あとがき」には記されています。

また、彼女の全集は少し大きい判型で、それぞれの巻が五百ページを超え、十八冊に及んでいます。質と量ともに豊かな仕事ですが、あえていえばこれら全体を、大きな『苦海浄土』として読むことができるように思うのです。むしろ、そう読んでみることで見えてくる地平もあるように感じられます。

これまで見てきたように『苦海浄土』は、石牟礼が単独の作者である作品ではありません。そこには水俣病で苦しんだ数えきれないほどの人々、そして、その家族あるいは支援者がいます。意図せず加害者の立場に立たなくてはならなかった市井《しせい》の人々もいる（チッソの企業内にも水俣病患者を支援した人々はいました）。石牟礼の作品は、こうした人々との協同によって生みだされています。彼女の作品を読むとは石牟礼道子という個性にふれるだけでなく、その時代、歴史、さらには亡き者たちとのつながりにふれることでもあります。

ですから、私たちの眼前には二つの『苦海浄土』があるといえるのかもしれません。単独の著作としての『苦海浄土』、そして、終わることのないライフワークとしての『苦海浄土』です。

こうした二つの『苦海浄土』を前に、私たちはそのときどきの自分の状況に合わせて読み進めていってよいと思います。この作品とじっくり向き合おうとするときは、『苦海浄土』そのものを丹念に読むこともできますし、ほかのさまざまな作品と共に絵画の連作を見るように向き合うこともできます。

ときに『苦海浄土』は、最初から真正面に向き合うのは少しつらいことがあるかもしれません。私も何度も跳ね返された経験があります。しかし、振り返ってみると容易には読むことができないというのは、その分だけつながりが深い本だともいえます。

本の芯をしっかり把握することと、全体を平坦に理解することは違います。『苦海浄土』は一気に全部を読めなくてもよいように思います。その代わり、ページをめくる手が止まってしまったら、止まったことを大事にする。ここからは読み進められないと感じたら、なぜ読み進められないのかをじっくり味わってみる、それも読書の大きな意味ではないでしょうか。

水俣病が奪ったもの

この章の主題は「いのちと歴史」ですが、まず『苦海浄土』[*1]に強い影響を受け、水俣病を題材にした一人芝居「天の魚」を上演し続けた俳優、砂田明の言葉を紹介したいと思います。

「水俣病は、もっとも美しい土地を侵したもっとももむごい病でした。そのむごさは、まず力弱きもの——魚や貝や鳥や猫の上にあらわれ、次いで人の胎児たちや、稚《おさ》な児、老人達におよび、ついに青年壮年をも倒し、数知れぬ生命を奪い去りました。生きて病みつづけるものには、骨身をけずる差別がおそいかかりました。そして、大自然が水俣病をとおして人類全体になげかけた警告は無視され、死者も病者もうち捨てられ、明麓《めいろく》の水俣はふかいふかい淵《ふち》となりました。……」（志村ふくみ『ちょう、はたり』）

原文は、砂田の本ではなく、彼が語る場に直接居合わせた、染織家で随筆家の志村ふくみのエッセイ集に収録されています。志村は、石牟礼と四十年来の友人でもあります。水俣病とは何かを語る言葉はいくつもありますが、これ以上に的確でまた、情感豊かな文章を私は知りません。砂田にとって『苦海浄土』は、文字通りの天啓の書でした。彼はその生涯をかけた一人芝居を通じて、『苦海浄土』という本を読まない人々にも伝えていこうとしました。

水俣病という人災は、弱い者から順番に傷つけていった。人間だけでなく自然も害《そこ》ない、その受難の地で起こったことは、今も充分に顧みられてはいないと強く現状を憂えています。ここで砂田は人だけでなく、動物たちにも情愛のまなざしを送っています。よみがえるならば、人間だけでなく、動物、植物などの自然と共にでなくてはならないというのです。砂田が語ろうとしているのも単なる告発ではありません。それは「いのち」の尊厳をめぐる、終わりなき問いであり、それを守り続けなくてはならないという呼びかけなのです。

この一文も、これまでに見てきたように古語にいう「かなし」を象徴するような一文です。「悲しく」また「愛しく」、「美しく」もある。想像できないほどの悲痛が述べられていながらも、人々が水俣の地を愛したことが深く感じられ、その人々が自分たちの生活をもう一度取り戻そうとする姿が語られています。悲惨な出来事の底から照らし出される光こそが現代の闇を照らし出す、という『苦海浄土』の世界観そのものを表象しているようにも感じられます。

「祈るべき天とおもえど天の病む」、という句が石牟礼にあります。天を頼むことすらできない、天すら病んでいるとしか思えないというのです。これが水俣病事件に直面したときの彼女の実感でした。それは今も変わらないのかもしれません。

自然と生きる

第1章でもふれましたが、水俣は、本当に自然が豊かな場所です。今日でも大変美しい場所ですから、水俣病が起こる以前は、文字通り光に照るような光景が広がっていたことも充分に想像できます。『苦海浄土』の冒頭に近い部分でも石牟礼は、自分が幼い頃に見た光景を次のように描き出します。

村のいちばん低いところ、舟からあがればとっつきの段丘の根に、古い、大きな共同井戸——洗場がある。四角い広々とした井戸の、石の壁面には苔の蔭に小さなゾナ魚《め》や、赤く可憐なカニが遊んでいた。このようなカニの棲む井戸は、やわらかな味の岩清水が湧くにちがいなかった。

　ここらあたりは、海の底にも、泉が湧くのである。

　今は使わない水の底に、井戸のゴリが、椿の花や、舟釘の形をして累々と沈んでいた。

　井戸の上の崖から、樹齢も定かならぬ椿の古樹が、うち重なりながら、洗場や、その前の広場をおおっていた。黒々とした葉や、まがりくねってのびている枝は、その根に割れた岩を抱き、年老いた精をはなっていて、その下蔭はいつも涼しく、ひっそりとしていた。井戸も椿も、おのれの歳月のみならず、この村のよわいを語っていた。（第一章「椿の海」）


　人の終わりなき欲望と近代産業が一つになったとき、ここに描かれた美しい光景も時間も、また歴史とのつながりまでもが、じつに短い時間で徹底的に破砕されました。石牟礼は水俣の不知火海を「椿の海」と呼びます。また、彼女は自伝的小説を『椿の海の記』と題し、その最初に「死民たちの春」と題する次の詩を置いています。

ときじくの

かぐの木の実の花の香り立つ
わがふるさとの
春と夏とのあいだに
もうひとつの季節がある（『椿の海の記』）

「ときじくの／かぐの木の実の花の香り立つ」とは、『古事記』で、彼方の世界である「常世《とこよ》の国」にある季節を問わず豊かな香りを放つ木の実を意味する、「非時香菓（ときじくのかぐのこのみ）」と記された言葉に由来します。それに呼応するような、神聖なというべき自然が自分の故郷にもある。そして、「死民たちの春」と彼女が題をつけているように、その香りは、亡き者たちの世界が確かにあることを私たちに告げ知らせる、というのです。

第1章では、きよ子と桜の花びらをめぐる話をしました。水俣病事件は、一つの花弁、あるいは一輪の花との関わりを凝視することでも見えてくるものがあります。さらにいえば、そうした語らない花々の前に佇《たたず》んでみなければ感じられないものもあるように思われます。

石牟礼は、「椿」あるいは「花」という言葉をじつに深い意味を込めて用いています。

それは単に花を愛したという表現ではなく、彼女が書く「花」は、大地とその地の歴史に深く根差したすべての生命の象徴でもあり、亡くなった人が、今も不可視な姿でそこに存在していることの顕われでもあります。

「花」に逝きし者たちの姿を感じるのは、鎌倉時代の歌人西行[*2]の歌などにも見られる、日本に古くからある伝統的な感覚でもあります。石牟礼道子の文学は、同時代に大きな問いを投げ掛けるものであり続けていますが、同時に、古典文学の世界とも大変深いつながりを持っています。今回の標題とした「いのちと歴史」というテーマは、『苦海浄土』を読み解く重要な視座であるだけでなく、彼女の文学全体を貫く主題であると言えると思います。

さて、「いのちと歴史」という問題は、石牟礼が『苦海浄土』第一部を書きながら、また書き終えることによってより強く、その意味を見出していった視点でした。その想いは次に発表された第三部に受け継がれました。その本の冒頭には、いのちと歴史を歌った詩があります。そこで彼女は「生類」という言葉を用います。

まぼろしふかくして一期の闇のなかなりし
ひともわれもいのちの臨終《いまわ》　かくばかりかなしきゆえに　けむり立つ雪炎の

海をゆくごとくなれど
われよりふかく死なんとする鳥の眸《め》に遭えり
はたまたその海の割るるときあらわれて　地《つち》の低きところを這う虫に逢えるなり
この虫の死にざまに添わんとするときようやくにして　われもまたにんげんのいちいんなりしや
かかるいのちのごとくなればこの世とはわが世のみにて
われもおん身も　ひとりのきわみの世を
あいはてるべく　なつかしきかな
いまひとたびにんげんに生まるるべしや
生類《しょうるい》のみやこはいずくなりや（「天の魚」『苦海浄土』第三部）

水俣病は人間だけを苦しめたのではありませんでした。海にいる魚や小動物も多く命を奪われました。人だけでなく、鳥も水銀が蓄積された魚を食べます。

さらに、海辺には魚のようにはっきりと人間の目には映らない虫たちがたくさんいます。水俣病がこの世に何をもたらしたかは、人間の目で見ているだけでは分からない。鳥の目や、人間が見ていない「地の低きところを這う虫」の目、ほかの小さな生命の目になってみて、初めて分かることがある、そう石牟礼はいうのです。

また、砂田が語っていたのと同様に、石牟礼もそうした小さないのちをも救いあげられるような営みが行われなければ、人間もまた、この苦しみから脱することはできない、そう感じていました。

有機水銀の恐怖に人々が最初に気がついたのは、猫の異変を見たことによってでした。魚を食べ続けた猫が普通に歩くことができなくなり、その次に漁民のなかでも、魚を食べる量が多い元気な人たちに異常が出始めました。そうした光景は『苦海浄土』では次のように描かれています。


猫たちの妙な死に方がはじまっていた。部落中の猫たちが死にたえて、いくら町あたりからもらってきて、魚をやって養いをよくしても、あの踊りをやりだしたら必ず死ぬ。

猫たちの死に引きつづいて、あの「ヨイヨイ」に似た病人が、一軒おきくらいにひそかにできていた。中風ならば老人ばかりかかるはずなのに、病人は、ハッダ網のあがりのときなど、刺身の一升皿くらいペロリと平らげるのが自慢の若者であったり、八ヵ月腹の止《とどむ》しゃんの若嫁御であったり学校前の幼児であったりした。（第三章「ゆき女きき書」)

ここで石牟礼は、猫も人も同じ目線で描き出しています。それは猫と人間が同じだと彼女が考えているのではありません。いつからか人間は、猫などほかの動物とのつながりを見失ってしまったというのです。

人が、人の生活の利便性や快適さだけを考えるとき、想像もしないような大きな過ちを自然に対して行うことになる。そうした生命観の欠如が水俣病を生む温床になったというのでしょう。

水俣病事件以前の水俣

二〇一一年、石牟礼は東日本大震災の後に「花を奉る」という詩を発表し、大きな反響を呼びました。原型となった詩は、すでに一九八四年に発表されていたのですが、彼女はそれに加筆をして再び世に問うたのです。

その詩で彼女が歌ったのも生命と自然、そして歴史とのつながりでした。その詩が収録された『花をたてまつる』と題するエッセイ集で彼女は、自分が幼い時代には、大人たちから「民俗の感覚の伝統みたいなもの、学校で教えない、一種の、この世に対する敬虔《けいけん》なおののきみたいなもの」を教わったと語っています。

水俣に生きている人たちにとって、人間が自然を支配するのではなく、自然によって人間が生かされている。それが実感であり、共通の認識でした。

> 世界の奥深さを親たちから教えてもらって受け継いで、蓮の蕾が眠っているところにそっと屈んでいて、お日さまの光が差して、この世が始まる。ある朝だけのことではなくて、ずうっとほんとに、悠久の昔の始まるときにも立ち会ってきたのだと感ぜられるようにして育ちました。（「陽いさまをはらむ海」『花をたてまつる』）

私たちは今、歴史を学校で教わります。しかし石牟礼は、この世の時間と、もう一つの奥行きのある時間を親の世代から語り継がれ、体感を深めてきました。過ぎ去るものがある一方、けっして過ぎ去らない時間があることを、学校の勉強としてではなく、両親や周囲の人から受け継ぐ形で血肉化していったのです。

この世の時間と、奥行きのある時間、この二つが交わるところに自然がある。そうした実感が近代化が進むなかでいつの間にか失われてしまったことに石牟礼は強い警鐘を鳴らしています。

さらに同じ一文で彼女は、万物を在らしめている働きを自分たちは「命」とはいわないが、「神さま」と呼ぶと語っています。

私どもが現世と見ている世界は、そんなふうに苔一本でも、石ころ一つでも、岩でも、木でも、草でも、風にさえも命や性格やがあって、雪にも雨にも全部そういう命があって、それを私どもの地方では、命とはいわないんですけれども、神さまというんです。（同前）

ここでの「神さま」は、崇《あが》める存在であるよりも、ともに暮らし、深く愛し、尊ぶべきものとして描かれています。また、第1章でお話しした杢太郎少年の祖父が、石に焼酎をかけて、これで守り神になったと語っていたのが、特殊な出来事ではないこともよく分かります。

いつからか自然は、人間が利用するものである、と思われるようなった。しかし、よく考えてみれば、ずっと以前に自然は人間が生活できる環境を準備してくれていたのです。同じエッセイで彼女は、かつて人間がもっていた自然への畏怖《いふ》の念をめぐっても書いています。石牟礼は、人間は自然への恐怖を科学で覆い尽くそうとしたとき、同時に畏怖も失ったというのです。

人間には、光のほうへゆく本能と、闇のなかへ入ってゆこうとする本能があると思うのです。海の底というものは、実に美しい世界なのですが、とても怖いのです。不知火海というのはたいへん浅い海なんですけれど、それでも入ってゆくととても怖いのですが、光のこもっている闇の感じがとてもこわいけれどもなつかしいところなのです。(同前)

自然はときにとても怖い。それでも自然と共生していかなければならない。しかし、恐怖と畏怖は似て非なるものです。

恐怖は私たちを脅かすだけですが、畏怖は私たちを超えつつ、また、私たちを包みこむものです。自然との新しい在り方を考えるとき、私たちはいつも自らの非力とこれまでに自然から受けた恩恵を胸に刻まなくてはならないのだと思います。

童話の世界

もう一つ、石牟礼の作品で、紹介したい文章があります。『水はみどろの宮』という石牟礼の童話にある一節です。


「誰じゃろう、それは」

神さまのお気に召すのは、誰じゃろうとお葉は思った。

「十三年前は、魚生み林の木の精が、一の君の位にあがった」

「一の君は、よか名前かえ」

「よか位じゃ。不知火海《しらぬい》という美しか海が、ここからほら、雲仙岳のはしに見えとろうがの。六十年ばかり前、海に毒を入れた者がおって、魚も猫も人間も、うんと死んだことがある。五十年がかりで、自分たちの立ち姿だけで、海に森の影をつくってな、その影の中に魚の子を抱き入れて、育てた木の精の代表が、一の君の位に上がった。命の種を自分の影の中に入れて育てて、山と海とをつないだ功労により、一の君と申しあげる」（『水はみどろの宮』）

水俣に暮らす人々の生活を支えていた不知火の海は、自然が造ってきたものでした。それを人間が壊した。そして、それをもう一度よみがえらせたのは、人間ではなく木々だったというのです。

木々の生い茂るところには、魚がいます。木々が戻ることで魚が戻り、海が戻ってくる。人間はじつに短い時間で自然を害《そこ》なう。しかし、それを取り戻すには無力であることが多い。人間にとって自らの無力を知るとは、自然と共生していかなければならない現実を深く知る、ということにほかなりません。

壊したのが人間であるなら、可能な限り再建するのも人間の責務なのでしょう。それは自然を守るためだけではありません。自分たちのいのちを維持し、つないでいくために自然との関係を結び直さなくてはならないのではないでしょうか。

この童話の世界にふれると私は、宮沢賢治[*3]を思い出します。石牟礼も賢治の作品を読んでいます。自伝『葭《よし》の渚《なぎさ》』で、若い頃に賢治の「雨ニモマケズ」に出会ったことにふれ、「ふいにやってきた天啓のようなものだった」と書いています。東日本大震災の後、賢治の作品が読み直されました。賢治は私たちに、人間は大きな災害に遭ったとき、自らの無力を知るところから立ち上がっていくしかないのだ、という大きなメッセージを残してくれました。「小岩井農場」と題する詩で賢治は次のように悲しみを歌っています。

もうけつしてさびしくはない
なんべんさびしくないと云つたとこで

またさびしくなるのはきまつてゐる
けれどもここはこれでいいのだ
すべてさびしさと悲傷とを焚いて
ひとは透明な軌道をすすむ
（「小岩井農場」『心象スケッチ　春と修羅』ちくま文庫）

悲しい出来事があって、それを耐え忍ぼうと我慢する。しかし、どんなにそれを耐えてみたところで淋しさは湧きおこってくる。悲しければ、悲しいままでよい。人は、その悲しみを灯にして、人生の道を進むことができる。悲しみは人を闇に導くのではない。それはいつか、消えることのない光になる、と賢治はいうのです。

賢治と石牟礼は、二人とも近代が宿している不可避な問題の告発者であり、詩を書き、童話を書きました。二人が、硬質な言論だけでなく、むしろ、童話や詩の世界に近代の闇を打ち砕いていくヒントがあると気づいていたという事実は、注目してよいと思います。

歴史との対話

さて、少し視座を変えて、『苦海浄土』を歴史とのかかわりから考えてみたいと思います。石牟礼は、水俣病事件におけるさまざまな問題に直面して、道を見出せないで苦しんでいるとき、足尾銅山鉱毒事件[*4]にたどり着きます。足尾でも水俣と同じく中心となったのは民衆でした。苦しむ民衆が力と叡知を結集して、国や原因となった企業と対峙し、道を切り拓いていきます。『苦海浄土』では、足尾銅山鉱毒事件との間に、いわば精神の接点が生まれたときの光景が次のように描き出されています。

> すこしもこなれない日本資本主義とやらをなんとなくのみくだす。わが下層細民たちの、心の底にある唄をのみくだす。それから、故郷を。
> それらはごつごつ咽喉にひっかかる。それから、足尾鉱毒事件について調べだす。谷中村[*5]農民のひとり、ひとりの最期について思いをめぐらせる。それらをいっしょくたにして更に丸ごとのみこみ、それから……。
> 茫々として、わたくし自身が年月と化す。
> 突如としてわたくしははじめて脱け出す。日本列島のよくみえるところへ。しかしよく見えるはずはなかった。そこはさらに混迷の重なりあう東京だったから。（第六章「とんとん村」）

石牟礼道子だけではありません。水俣の人々は、現在の問題を考えるとき、歴史に戻っていきました。歴史の中に、自分たちと同じような苦しみ、同じような悲しみを経験した人たちがいて、彼らと対話することで現代の叡知をよみがえらせる道があると、気が付いたのです。東日本大震災以後の私たちは、このことにまだ、十分気が付いていないように思います。

水俣と足尾の間にあるものを、その地に行って感じてみたいと思い、私も現地に赴きました。足尾銅山はすでに採掘をやめています。しかし、銅の採掘と製造で傷つけられた自然のあとは今も痛々しく残っています。

銅を製造するときには川に流れ込む鉱毒のほかにその精製のときに亜硫酸ガスが発生します。鉱毒は足尾から百キロ以上離れた谷中村の人々のいのちを脅かし、亜硫酸ガスは周囲の植物を文字通り、根絶やしにしました。鉱毒の被害が報告されたのは一八九〇年であると言われています。それから六十年以上が経過し、水俣病が公害病として確認されました。そして東日本大震災以後の今日、私たちは原子力発電所の問題に直面しています。

それぞれの事件に直接的な連関はありません。しかし、すべてが近代産業によってひき起こされたものであること、そして、人間だけでなく、自然をふくむ、いのちにとっての大きな脅威になっていることは共通しています。

公害は足尾や水俣にだけ起こったのではありません。イタイイタイ病[*6]や新潟水俣病[*7]もあります。そうした事件とのつながりを見出しつつ、水俣病をめぐる運動は深化していきます。そうした変貌を石牟礼はこう書き記しています。

水俣病事件もイタイイタイ病も、谷中《やなか》村滅亡後の七十年を深い潜在期間として現われるのである。新潟水俣病も含めて、これら産業公害が辺境の村落を頂点として発生したことは、わが資本主義近代産業が、体質的に下層階級侮蔑と共同体破壊を深化させてきたことをさし示す。その集約的表現である水俣病の症状をわれわれは直視しなければならない。人びとの命が成仏《じょうぶつ》すべくもない値段をつけられていることを考えねばならない。

死者たちの魂の遺産を唯一の遺産として、ビタ一文ない水俣病対策市民会議は発足した。（第七章「昭和四十三年」）

水俣病は石牟礼にとって、自分の故郷である水俣という町で起こった出来事であると同時に、近代の資本主義が生み出した公害病の普遍名でもあるというのです。
水俣病に関連する講演会に行くと、幾たびか経験したことですが、講演が終了するとほかの公害事件の関係者の方が、公害は水俣病だけではない、自分たちの事件のことも忘れないで欲しいと呼びかけ、チラシを配り始めます。その悲痛な叫びは今も鮮明に蘇ってきます。「水俣病」は固有名であると共に普遍名であるという認識は、何度嚙みしめてもよいように思います。

足尾と水俣

第2章で「近代の闇」について考えましたが、石牟礼にとっての近代がどういうものであるか、とても強い言葉で表現されている文章があります。

七十数年後の水俣病事件では、日本資本主義がさらなる苛酷度をもって繁栄の名のもとに食い尽くすものは、もはや直接個人のいのちそのものであることを、わたくしたちは知る。谷中村の怨念《おんねん》は幽暗の水俣によみがえった。（「あとがき」）

近代は、人のいのちを「繁栄の名のもとに食い尽くす」、と彼女は言う。これは近代の闇という問題でもあり、今を生きる私たちのいのちの問題です。

別の言い方をすれば、いのちが繁栄と比較されるものになってしまったのが近代だったといえるかもしれません。近代は目に見えるものに価値と力を感じる世界観のもとに発展してきました。もちろん、それに抗う人々もいます。ですが、いわゆる量的なもので幸福の度合いを測るような認識は今日も強くあるのではないでしょうか。

肉体と魂、あるいは現在と過去といったように、目に見えるものは、見えないものとともにある。それが『苦海浄土』の世界です。私たちは、あまりに目に見えるものに心を奪われてしまった。今を生きる私たちに託されているのは、見えなくなったもの、忘れられたものの存在と意味を取り戻していくことかもしれません。

不可視なものを見出す、そのためには、ひとたび歴史に向き合わなくてはならない、それが石牟礼道子の決断でした。大鹿卓《おおしかたく》*8が足尾銅山鉱毒事件を書いた『谷中村事件』のあとがきに、石牟礼の歴史と向き合う姿勢が鮮明に表れています。


わたくしは、おのれの水俣病事件から発して足尾鉱毒事件史の迷路、あるいは冥土のなかへたどりついた。これは逆世へむけての転生の予感である。もはや喪われた豊饒の世界がここにある。人も自然も渡良瀬川の魚たちも足尾の山沢の鹿たちや

猿たちも。（石牟礼道子「こころ燐にそまる日に」『新版　谷中村事件―ある野人の記録・田中正造伝』解題）

「逆世へむけての転生の予感である」という言葉は、私たちが新しく生まれ変わるためには、未来に生まれ変わるのではなく、過去に戻ってやり直さなければならないという彼女の実感の表現です。

「転生」とは未来的な動きですが、やり残したことがあるのなら、過去に戻らなければならないというのです。肉体は過去に戻ることはできませんが、魂や精神は過去に帰ってやり直すことができる。かつての出来事をわが身のこととしてもう一度感じ直すことで、過去に戻ることはできる。過去のことをわが事としてもう一度とらえ直してみなければ、私たちがもう一度よみがえることなど、絶対にできないということでしょう。

未来に向けて言葉を発していくとき、現在だけを生きている人間は弱い。過去、つまり自分の歴史と深くつながれているとき、人間は力を持つ。たった五十年しか生きていない私の発言はぐらぐらしますが、一千年の歴史と一緒にあったら、ずいぶん違うでしょう。水俣の問題は、足尾銅山、さらに第1章で見た島原の乱につながっています。石牟礼は、そういう場所に身を置いているのだと思います。

内村鑑三と石牟礼道子

ここで、足尾銅山鉱毒事件にとても深く関わった、内村鑑三[*9]にふれてみたいと思います。内村鑑三は、足尾の運動に身をささげる田中正造[*10]の姿に打たれ、親交を結びます。田中正造、内村鑑三、石牟礼道子の三人のつながりは、とても深く、強い。三人に共通するのは本質的に在野の人だということです。田中正造はある時期、国会議員をつとめていますが、彼が独自の活動を深化させたのは議員を辞めた後でした。

これは、東日本大震災以後の日本を考えるとき、とても大事な点だと思います。在野でなくてはならない、ということではなく、在野にもまた、次の時代を創り得る大きな叡知が眠っている。新しい世界を生み出そうとするとき、在野の叡知の意味と価値を見直してみるのも大変重要なことではないでしょうか。

あるとき、石牟礼は内村の著作を集中的に読みます。そのときのことを次のように書いています。

古代の英雄というものは、ひょっとしてこういう人柄ではなかったかと思わせるような、稚純性に貫かれたすぐなる文章にひきつけられて、ここふた月ばかり、内村鑑三を読んでいる。
はじめ平明な世界かと油断していたが、ただの平明さではない。人間にたいする至誠の迫力に息をのみ、その言説のたかまりに巻きこまれて目の奥がくらくらする始末だったが、足尾鉱毒地の巡遊記のところに来て、わたしは思わず吹き出してしまった。そしてにわかにせきあえる涙をしばらくとどめることができなかった。(『葛のしとね』)

「思わず吹き出してしまった」という部分には、少し説明が必要です。内村は大変真面目で、芝居が大嫌いでした。なぜ芝居が嫌いかというと、悪人が正義の人間の真似をするからだ、という文章を読んで石牟礼は、真面目なのはいいけれど度が過ぎると感じ、笑ってしまったというのです。

しかし、その後の内村の足尾銅山鉱毒事件に関わっていく姿を見て、「にわかにせきあえる涙をしばらくとどめることができなかった」というのです。内村は、一方的に自分の考えを主張した人ではなく、本当に弱い人に寄り添うことができた人でした。そういう人が自分の前に、歴史の中にもいたことに、涙を抑えることができなかったと石牟礼は語っているのです。先に引いたエッセイで石牟礼は、恐ろしいほど現代の実状を言い当てた内村鑑三の言葉を引用しています（ルビを補っています）。

国が亡《ほろぶ》るとは其《その》山が崩れるとか、其河が乾上《ひあが》るとか、其土地が落込むとか云《い》ふ事ではない、（中略）国民の精神の失せた時に其国は既に亡びたのである、民に相愛の心なく、（中略）官吏と商人とは相結托して辜《つみ》なき援助《たすけ》なき農夫職工等の膏《あぶら》を絞るに至ては、其憲法は如何《いか》に立派でも、其軍備は如何に完全して居ても、其大臣は如何に智《かしこ》い人達であつても、其教育は如何に高尚でも、斯《かく》の如き国民は既に亡国の民であつて、只僅《ただわずか》に国家の形骸を存して居るまでゞある、（内村鑑三「既に亡国の民たり」『内村鑑三全集』9）

国が滅ぶ、というのは自然に被害を受けることではない。その国民の精神の光が消えたとき、滅ぶのだと内村はいいます。

さらにそうした国では、役人と商人が結託し、罪なき貧しい人から搾取するようになる。そして、たとえその国の憲法の見た目が立派でも、軍備がいかに整っていても、大臣がいかに聡い人であり、その教育制度が整っていても、精神の光を失っていれば「亡国の民」であることをまぬがれない。国家も内実のない、形ばかりのものになっている、というのです。

『苦海浄土』という同時代の作品を読むとき、歴史というルーペを通して読むことで、物語の奥行きが微細に見えてくることがある。現在の私たちが持っている政治的知識、公害論といった価値観や知性で読み解くのではなく、その価値観を一度疑い、過去から現在を見てみる、歴史の方から読んでみる。現代の知性で読むのではなく、心や感情で読む。文字を理解しようとするのではなく、何が自分に響いているのかを感じる、という心持ちで読むとよいように思います。

私たちの理性は絶えず進歩することを求めますが、感情には古いものが残っています。その古い感情と文章を共振させながら読んでいくと、昔の人も現代に生きる私たちと同じことを感じていたことがはっきりと実感できると思います。

現代は、情報を要約することに価値を置きますが、『苦海浄土』をめぐっては、要するに、ということが言えない。それは人間の生涯、あるいは世界の歴史と同じです。生きているものを私たちは要約することができない。それは常に動いているからです。

＊1　砂田明

一九二八～九三。劇作家・俳優。東京・水俣病を告発する会の代表世話人となる。『苦海浄土』を原作とした一人芝居「天の魚」を全国各地で計五百五十六回演じた。

＊2　西行

一一一八～九〇。平安末～鎌倉初期の歌人。北面の武士として鳥羽上皇に仕え、二十三歳で出家し、畿内周辺だけでなく奥州や四国など各地を行脚して多くの歌を遺した。河内の弘川寺で没。生活体験のにじみ出た述懐歌にすぐれ、『新古今和歌集』では最多の九十四首が入集。家集『山家集』がある。

＊3　宮沢賢治

一八九六～一九三三。詩人・童話作家。農業指導のかたわら詩や童話を創作。詩「雨ニモマケズ」、童話『銀河鉄道の夜』『風の又三郎』など。

＊4　足尾銅山鉱毒事件

明治初期の一八八五年頃から、群馬県と栃木県を流れる渡良瀬川に、上流の足尾銅山から鉱毒を含んだ廃液が大量に流されるようになり、渡良瀬川や利根川沿いの田畑や住民に多大な被害を及ぼした。地元選出衆議院議員の田中正造や被害者らが鉱業停止を訴え続けたが、政府や県、古河財閥の弾圧と切り崩し策で運動は孤立化。日本公害運動の原点とされる。足尾銅山は一九七三年に閉山した。

＊5　谷中村

かつて栃木県下都賀郡にあった村。鉱毒被害が拡大・深刻化すると、世論への対応に苦慮する明治政府は、鉱毒問題の根本解決ではなく、谷中村一帯をつぶして治水のための遊水池（実質は鉱毒沈澱池）にすることで対処しようとした。鉱毒問題を治水問題にすり替えた政府の計画に反対する田中正造は自ら谷中村に移り住んで村民とともに抵抗したが、一九〇六年、谷中村は明治政府によって強制廃村とされた。

＊6　イタイイタイ病

富山県神通川流域に発生した骨疾患。骨が変形するため激痛があり、骨折しやすくなる。鉱毒による作物や川魚への被害は十九世紀末から問題となっていたが、人体への被害が問題として取り上げられたのは第二次世界大戦後のこと。上流の岐阜県神岡町（現飛騨市）にある三井金属神岡鉱業所（現神岡鉱業）の排水に含まれるカドミウムが原因だとして、厚生省は、一九六八年に公害病に認定した。

＊7　新潟水俣病

新潟県の阿賀野川流域で、アセトアルデヒドを製造する昭和電工鹿瀬工場（現新潟昭和）の排水に含まれるメチル水銀が原因で起きた公害病。一九六五年に患者が公式確認され、「第二水俣病」とも呼ばれる。六七年に被害者らが訴訟を起こし（第一次訴訟）、七一年に原告が勝訴。その後も認定申請等をめぐって裁判が続いている。熊本と新潟で発生した水俣病は、四日市ぜんそく、イタイイタイ病とあわせて四大公害病とされる。

＊8　大鹿卓

一八九八～一九五九。詩人・小説家。化学教師を務めながら詩を書く。兄に詩人の金子光晴がいる。著書に『探鉱日記』『渡良瀬川』など。

＊9　内村鑑三

一八六一～一九三〇。明治・大正期のキリスト教の代表的指導者、伝道者。第一高等中学校教員のとき、教育勅語への礼拝を拒否して免職となる。日露戦争に際しては非戦論を唱えた。無教会主義を主張し、キリスト教にもとづく社会批判、文明批評が広く影響を与えた。著書に『代表的日本人』など。

＊10　田中正造

一八四一～一九一三。政治家。自由民権運動に参加し、一八九〇年の第一回総選挙で衆議院議員に当選。翌年の第二議会から足尾銅山鉱毒問題に取り組み、一九〇一年には議員を辞職して明治天皇に直訴。生涯を鉱毒問題の解決に捧げた。田中正造を描いた書に城山三郎『辛酸』などがある。

第4章——終わりなき問い

文学の役割

文学とは、容易に顕《あら》われ出ようとしない情感に、あるいはいのちの叫びに、言葉という姿を与える働きをいうのではないでしょうか。『苦海浄土』を貫いているのも、語らざるものの悲しみ、叡知であり、その果てに生まれた情愛の果実です。石牟礼道子は「あとがき」で、『苦海浄土』において描き出そうとしたものにふれ、こう述べています。

ここに登場する人びとはその意味のみならず、この国の農漁民の、つまりわたくしたちの、祖像であり、ひとびとの魂には、わたくしたち自身のはるかな原思想が韻々と宿されているのである。このようにして、ほろぼされるものたちになりかわり、生まれでるものたちの祖像を、わたくしは新潟水俣病患者たちの姿の中にみいだす。（「あとがき」）

この作品の終わりを告げる文章で、熊本の水俣病だけではなく、新潟水俣病にも言及しているのを見過ごしてはならないと思います。彼女は眼前で起こっていることを見つめるだけでなく、それが起こる根本原因からもけっして眼を離そうとしない。水俣で起こったことがほかの場所でも起こっているのをけっして忘れていません。

先の一節にあった「祖像」という言葉は見慣れないかもしれません。それは生きる人間としての姿の原型ともいえるかもしれません。祖像を感じさせる人々は、自然、他者、歴史、いのち、そして未来と人間はどのような関係を結び得るかを語るのではなく、それを体現しています。そして彼、彼女らの人生には「原思想」ともいうべき豊かな叡知が潜んでいる、と石牟礼はいうのです。

原思想とは、言葉では語られず、人の心から心へ伝わるものです。彼女はその原思想というべきものを、これまで見てきた、言葉を奪われた人の心から受け継いできた、と感じている。この本を書きはじめるとき彼女は、巡り合った幾人かの語らざるものたちの「口」になろうとした。しかし、一冊の本を書き上げたとき、そうした人々の言葉が折り重なり、「原思想」と呼ぶものに至ったというのです。

ここで彼女がいう「原思想」は、今日、「水俣学」と呼ばれる、じつに豊饒な知と情と真を探求する言葉の生ける体系になろうとしています。その原点となる動きは『苦海浄土』を書き終えられたときすでにあった、という事実は注目してよいと思います。

詩人の役割

東日本大震災のあと、改めて発表された「花を奉る」と題する石牟礼の詩に、「涙のしずくに洗われて咲き出づるなり」という一節があります。これは『苦海浄土』だけでなく、石牟礼道子の文学を象徴的に表現しています。

悲しくて、悔しくて、どうにもならない恨みの涙に洗われて咲き出でたものがこの物語であり、恨みの涙が生み出すものは、必ずしも呪詛《じゅそ》の言葉だけではないということもまた、彼女の文学から学び得るように思います。

水俣病事件には文明的、工業的、経済的……、さまざまな側面があります。その中で『苦海浄土』という一つの文学作品が大きな存在感を持ち、果たし得た役割とはなんだったのでしょうか。石牟礼の言葉から考えてみたいと思います。

詩人とは人の世に涙あるかぎり、これを変じて白玉の言葉となし、言葉の力をもって神や魔をもよびうる資質のものをいう。（石牟礼道子「こころ燐にそまる日に」『新版谷中村事件―ある野人の記録・田中正造伝』解題）

これは彼女が考える「詩人」の定義で、石牟礼は自身のことを語っているのではありません。しかし、『苦海浄土』を新しい詩として書いた、という石牟礼の言葉を思い出すとき、この詩人こそ、石牟礼道子という人そのものではないか、と私には感じられます。

本当に口惜しい思いをしながら言葉にならない。ここでの「涙」は、頬を伝うそれだけではありません。悲しみが極まれば涙は涸《か》れ、見えない姿で胸を流れます。そうした「涙」を白玉の言葉に、つまりこの上なく貴い、また、強靭な、神々すら動かす言葉に変じるのが詩人の役割だというのです。

訪れた「許し」

さて、水俣病患者たちの涙によって洗われて生み出されたものは何だったのか。象徴的な二人の患者の言葉にふれ、石牟礼はこう書いています。

患者さんの杉本栄子[*1]さんと緒方正人[*2]さんからいろいろうかがううちに、あるとき「私たちはもうチッソを許します」というお言葉が出てきました。私はハッとして「それはどういう意味でしょうか」と申し上げましたら、「いままで仇ばとらんばと思ってきたけれども、人を憎むということは、体にも心にもようない。私たちは助からない病人で、これまでいろいろいじわるをされたり、差別をされたり、さんざん辱められてきた。それで許しますというふうに考えれば、このうえ人を憎むという苦しみが少しでもとれるんじゃないか。それで全部引き受けます、私たちが」と。水俣病になったことも、途中の経過がいろいろございましたけれども、そういうのを、チッソのせいでとか、あの人たちのせいで苦しまなきゃならないということを、その一番苦しみの深いところを、そっくり私たちが引き受けます、と。「許す代わりに、水俣病を全部私たちが背負うていきます」（『花の億土へ』）

この言葉のうしろには長い年月と止むことのない懊悩そして悲哀、そして自己との闘いがあります。これは現代人が考えるような理性が導きだした結論ではありません。知性と理性、情愛、さらには祈りすらある。

また、ここで語られている「許し」の先にあったのは水俣病事件の終焉《しゅうえん》ではなく、新たな始まりでした。その決意は「許す代わりに、水俣病を全部私たちが背負うていきます」という二人の言葉に表れています。

「許す」とは、出来事を終わらせることではありません。チッソが行った行為を忘れることでもありません。むしろ問題が、よりはっきりと示されることだとも言えます。その上で原因を作った人間たちと共にそれが二度と起きない世界を造り上げてゆくことです。

先に水俣病事件とは、古代的世界観を重んじて生きていた共同体への近代産業による「侵略」に等しいものだったと言いました。今、ここで二人の患者は、かつて自分たちのいのちを脅かした存在を許そうとしている。もし、平和と呼ぶべきものがあるなら、それは、けっして手を握ることはできないと思っていた人の手を握ることだというのです。私はここに、今、世界を揺るがしているさまざまな衝突を照らす一条の光があるように思われてなりません。

「もやい」と「のさり」

水俣病事件が水俣の人々にもたらしたものを象徴する、その土地に根付いた言葉があります。それが「もやい」と「のさり」です。

一九九六年に東京・品川で「水俣・東京展」が開催されました。「水俣展」は、水俣フォーラムというＮＰＯが主催して、今も各地で行われ続けています。私も何度か足を運びましたが、見るべきはその公平な視座です。当然ながら展示されている資料は言葉を語りません。しかし、見る者はそれらがじつに雄弁であることに驚くと思います。

九六年の「水俣展」では講演会も同時に開催されました。それはのちに『証言水俣病』という本にまとめられます。そこには自身も漁師で、のちに水俣病患者連合の会長も務めた佐々木清登《きよと》*3の言葉も収められています。

水俣病は社会的な差別の問題も引き起こしました。患者どうしの間でもそれは同じで、地元では人と人とのふれあいが途絶えてしまった。このことに対して、佐々木は強い問題意識を持つのです。それは確かに水俣病によってひき起こされましたが、個と共同体はいかにして共存できるかという現代社会が抱えていた問題でもありました。彼はこう語っています。


今の状態ではいけない、昔に戻すためにはどうしてもみんなが寄り集まって、なんでも気軽に話せる場をつくろうということで、私が住んでいる芦北町に一ヵ所と水俣市に二ヵ所、計三ヵ所の「もやい直しセンター」を建てたんです。そして水俣市では、なんとか昔の姿に戻そうと市長がものすごく精力的に取り組んでいます。「舫《もや》い」とはどういうところからきたかといえば、私たち漁師がいつも使ってた言葉です。「別々におっても話はできない、いっしょに舫おうじゃないか」「舫えば話ができる」、そういう漁師言葉からできたのが「もやい直しセンター」です。（佐々木清登「苦渋の選択」『証言 水俣病』）

船と船のような、放っておくと離れてしまうものをつなぐ、そのつながりのことを「もやい」と呼びます。水俣病は、「もやい」を取り戻す契機となった。つまり、水俣病によって自分たちはもう一度固く手を握り直した、というのです。

さらに「水俣病は『のさり』だった」と語った人もいます。「のさり」とは豊漁のことです。この言葉は、先ほど登場した杉本栄子という女性の話に出てきます。彼女は漁師の家に生まれ、同じ地域の漁師と結婚しました。自身も水俣病の患者で、その経験を踏まえて長く水俣病の語り部をしていました。彼女が語る姿を映像でですが、見たことがあります。そこで発せられる言葉、映しだされる姿は、現代人が知識と計算によって積み上げた客観的な「事実」と真逆な、打ち消しがたい「真実」です。そこには本当の意味でのいのちへの信頼があり、過去への償いと未来への情愛があります。

チッソや行政といった、巨大なものに虐《しいた》げられ続けた彼女は、「いじめた人んこつば恨まんようにするには、どげんすればよかろうか」、自分たちを傷つけた者たちを恨まないようにするにはどうしたらよいかという問いをたて、夫に尋ねます。すると夫は、あの出来事は台風のようなものだったと思えばよい、と答えた。
彼女は日頃から、水俣病は耐え難い苦しみの連続だったが、その一方で、そこに立たねばならなかったからこそ、見出せたものもある、と夫に語っていました。このとき夫は妻に、日頃から妻自身が口にしているとおり、水俣病は「財産」なのではないか、というのです。

そして主人から、「あんたが、いつでん（いつでも）水俣病のおかげでっていうならば、あんたが財産は水俣病じゃなかか」ちいわれました。父もいい遺《のこ》してくれたように、「水俣病も〝のさり〟じゃねって思おい」と。自分たちが求めんでも大漁したことを〝のさり〟というんです。水俣病も、自分たちが求めんでも自分に来た〝のさり〟と思おいと。だから本当につらかった水俣病でしたけれども、水俣病のおかげで私は、人としての生活が取り戻せたように思います。（杉本栄子「水俣の海に生きる」、前掲書）

「自分たちが求めんでも自分に来た」との一節にあるように、「のさり」は、願ったそのままの姿で現れるとは限りません。人は誰しも幸せを願って生きています。しかしその幸せが、最も大きな試練の姿をして自分の前に迫ってくることがある、というのです。水俣病という惨劇が「のさり」なのではけっしてありません。その苦難を耐えた人々が「のさり」へと変貌させたのです。

「チッソというのはもう一人の自分だった」

同じく、先に見た「許し」の一文で名前が出ていた緒方正人には『チッソは私であった』という本があります。このタイトルはそれだけ見ると少し誤解を生むかもしれません。本のなかで語られている表現を用いると「チッソはもう一人の自分であった」というのが正しいと思います。

チッソとは一体何だったのかということは、現在でも私たちが考えなければならない大事なことですが、唐突ないい方のようですけれども、私は、チッソというのは、もう一人の自分ではなかったかと思っています。(緒方正人『チッソは私であった』)

当然ながら、これを読む私たちもまた、「もう一人のチッソ」である、ということなのです。私たちは単にきよ子の花びらの話を、涙を流して読む立場にはいないのです。

宇井純の言葉を借りれば、第三者の立場にあるかぎり、『苦海浄土』の深層にふれることはできない、と言えるかもしれません。しかし、涙を流せない立場にいる、という認識で止まってしまうならそれは、頭で考えたことです。そうした状況下で私たちはどう考えるのか、ということが問われているのではないでしょうか。

同じ本で緒方は、近代産業と分かちがたく結びついた現代人の日常を次のように語っています。

この四十年の暮らしの中で、私自身が車を買い求め、運転するようになり、家にはテレビがあり、冷蔵庫があり、そして仕事ではプラスチックの船に乗っているわけです。いわばチッソのような化学工場が作った材料で作られたモノが、家の中にもたくさんあるわけです。水道のパイプに使われている塩化ビニールの大半は、当時チッソが作っていました。最近では液晶にしてもそうですけれども、私たちはまさに今、チッソ的な社会の中にいると思うんです。ですから、水俣病事件に限定すればチッソという会社に責任がありますけれども、時代の中ではすでに私たちも「もう一人のチッソ」なのです。「近代化」とか「豊かさ」を求めたこの社会は、私たち自身ではなかったのか。自らの呪縛を解き、そこからいかに脱して行くのかとい

うことが、大きな問いとしてあるように思います。（同前）

自分は水俣病患者だが、自分がもしチッソに勤めていたら、自分も同じことをしただろう。また、自分もまた、チッソが製造している工業製品を、知らないうちに使っている。自分もまた、チッソが生み出した惨事に間接的にでもかかわっている。そう考えた彼は自分が水俣病の患者であると同時に、自分もそのひとりである現代人としての生活のありようが水俣病を生む温床のひとつでもあったことに気づきます。

責任を追及している間は恐ろしくないんですね。攻めるだけだから。ところが、逆転を想像するだけで、立場がぐらぐらとするわけです。それまでの前提が崩れるわけですから。チッソの中にいたとしたらと自分を仮定してみると、自分が実は大きくぐらついて答えがない。絶対同じことをしていないという根拠がない。そこにさらされると狂いに狂って、これはもう一人の自分をそこに見るわけですね。ですからそういう意味では十年前から、チッソというのはもう一人の自分だったと思っているわけです。（同前）

ここで「狂いに狂って」と語られているのは単なる比喩ではありません。それほどに彼は自己矛盾に苦しんだ。苦しみという言葉が、その実態を表現していないほどに苦痛の日々を送った。そこに生まれたのが「チッソというのはもう一人の自分だった」という自覚だったのです。

原因企業であるチッソが行ったことは、けっして隠蔽されてはならないし、また、それを不問にすることはできない。しかし、それを糾弾しているときには、彼のような視座に立つことはできない。この事実に出会った彼は訴訟の原告団から離れ、ひとりでこの事件と向き合っていきます。

第2章で石牟礼の、今もひとりで闘っている、という言葉を紹介しました。石牟礼は文学者として、杉本は語り部として、緒方は現在も漁師として生きる在野の一市民として、ひとりで闘っていく道を選びました。ひとりでもできる、というよりも、むしろひとりで立ってみないと見えないものがあるのだと思うのです。

水俣病事件、水俣病運動を振り返ったとき、その担い手は民衆でした。民衆は、個が、どこまでも個でありつつ、「集《つど》う」ことによって生まれるものです。民衆に似た言葉に「大衆」がありますが、大衆はひとりひとりが名前を捨てて群れるものです。民衆は集うけれども、けっして群れない。

水俣病をめぐる運動は、個々の民衆によって闘われた運動です。そして、それは今も続いている。緒方の態度はそのことをもっとも鮮明に、また強く表しています。集っている者たちの心にも緒方と同質の思いはあった。このことを見過ごしてはならないと思います。

石牟礼がいう水俣の「原思想」とは、真の意味における民衆の叡知にほかなりません。それはこれまでのアカデミズムとは異なる新しい知の在り方といえます。そしてこの民衆から出た思想や知、さらには文学を含めた芸術を、言葉で表現しようと思った人たちが「水俣学」を作っていきます。

立ち上がる患者たち――川本輝夫

もう一人、杉本、緒方の二人とは違った闘い方をした人物を紹介したいと思います。『苦海浄土』の第二部、第三部にも登場する、川本輝夫[*4]です。川本自身も水俣病患者でしたが、彼の父親の症状はより深刻でした。父親を苦しめているものを公害病だと認めてほしいと訴えますが、受け入れられず、父親は亡くなってしまいます。その死を境に彼は、同様の苦しみを抱えている人々のために立ち上がります。

彼は水俣病訴訟の原告団において指導的な役割を担います。彼の行動はとても実践的です。あるとき川本は、医師が決めた認定のための基準の変革を、医師や行政に求めていきます。川本自身の言葉も残されていますが、ここでは医師の原田正純の言葉を引いてみます。

先に見たように原田は、水俣病が知られるようになった初期から患者とその家族の生活に、その心に、本当の意味で寄り添った人物でした。彼は終生医師でしたが、「水俣学」が打ち立てられるときに大変大きな、重要な役割を担う人物です。

彼〔引用者注：川本〕の行動の原点は父にあった。この時の主治医は「昭和三十五年に水俣病は終わったという一般の通説を信じてしまったために、そのための検査を行わなかったことを後悔しています」と書いている。

父を水俣病と認定させることは父の名誉回復とともに苦しみ狂死した無念を晴らすことであった。同様に死んでいった者たちの弔いでもあった。しかし、公害被害者補償法は死者を対象にしていない。川本さんは自らの認定申請で医学の矛盾を突き破ろうと決意した。必死に勉強して准看護士になって、さらに水俣病の医学書を読み漁《あさ》った。（原田正純『いのちの旅――「水俣学」への軌跡』）

川本の活動が、父親をふくむ、亡き人々のためでもあったことを見過ごしてはならないと思います。川本だけでなく生者と死者、二つのいのちの尊厳をめぐって闘われたのが水俣病訴訟だったのです。彼はその先頭に立って、国と企業、地方行政と闘った。また、彼は、医学の知識がなければ訴えも十分にすることはできないと考え、医学書を何冊も読破し、准看護士の資格までとった。患者たちの思いを胸に、医学、看護学を学んだ彼の眼前には医療の専門家にも見えないような地平が広がってきます。そこで語られる言葉は、医師すら驚かせるものだったのです。

川本さんはわたしにも「なぜ、水俣病が昭和三十五年に終わったのか。その根拠は何か」と問い詰めてきた。悔しいが、わたしには何の根拠もなかった。仮説がいつの間にか定説になると新しい事実を覆い隠す役割を果たすことに気付かせてくれた。また、わたしが「脳梗塞《のうこうそく》」と診断すると、「脳梗塞の患者はメチル水銀の影響はないのですか」と言う。問われることに答えきれない悔しさがわたしにはあった。
専門家というのは既存の枠にとらわれ過ぎていることを明らかにしてくれた。そしてついに行政も負けて棄却取り消しの決定を下した。これは行政史上、画期的なことに違いない。（同前）

因果関係が証明されなければ公害の被害とは判定できない、というのが行政の語る常套句です。しかし、その証明方法に作為や誤り、あるいは欠落があったらどうなるでしょう。川本はその証明の基準を問いただしたのです。患者の実態を把握していない、あまりに未熟な基準からは、もとめられるべき回答を導きだすことはできない、それが川本の確信でした。

無私の人、川本の姿を見ていると、そんな言葉が浮かんできます。彼がそうあれたのは生きている人の権利だけでなく、何も分からないまま死んでしまったたくさんの人たちの名誉も背負っていたからではなかったか。死者は歴史です。歴史と一緒に闘ったことが、川本の力の源泉となっていったように感じられます。

水俣の叡知、民衆の叡知

水俣病事件において語られたのは、勉強した言葉、辞書にある言葉ではありません。肉体の痛みと精神の苦痛、さらには呻《うめ》きと嘆きが結晶となったような言葉でした。それはいつの日か「水俣学」と呼ばれるものに姿を変えていきます。

「水俣学」をめぐって原田正純は次のように語っています。

水俣学とはまだ模索中で定義も形もない。ただ言えることは、これはまさに人間の生きざまの問題であって、単なる医学の話でも机の上の話（理論）でもない。いのちの価値を大切に弱者の立場にたつ学問が水俣学である。発生から今日までの水俣病との付き合いのすべての過程が水俣学である。水俣病の責任と背景を明らかにするのが水俣学である。水俣病事件に映し出された社会現象のすべてが水俣学である。水俣病に触発されたすべての学問が水俣学である。専門家と素人の壁を超え、学閥や専門分野を超え、国境を超えたバリアフリーの自由な学問が水俣学である。既存のパラダイムを破壊し、再構築する革新的な学問が水俣学である、と。そして学問の在りようを模索していくこと自体が水俣学である。（原田正純『金と水銀――私の水俣学ノート』）

現代において学問は、細分化していくことによって進化していこうとする傾向がありますが、「水俣学」は、まったく別な道を行きます。

さまざまな学問の知識と、さまざまな人間の視座を統合することで、一つの出来事の本質を見極めようとするのです。また、この新しい学問が、心あるすべての人に開かれようとしているのも注目してよいと思います。『いのちの旅――「水俣学」への軌跡』と題する本では、先の言葉を引いたあと、彼はこう言葉を添えています。

水俣病は決して水俣地方におこった気の毒な特殊な事件ではない。わたしたち自身の中にも身近な周囲にも日常的におこりうる事件であって、他所ごとではない。将来おこりうる事件である。

水俣の叡知は、水俣から発生したものですが、水俣では決して終わりません。原田には『水俣病は終っていない』と題する本があります。この言葉には意味が二つあります。

一つは、これまで見て来たように今も苦しんでいる人がいるということ、さらに水俣病で亡くなった人がいる以上、けっして終わることのない「いのち」の問題がそこにあること。そして、「水俣病」は固有事件の名前であると同時に、将来起こるであろう、公害事件の別名だということです。

それは姿を変え、場所を変え、いろいろな形で起こり得る。「公害」という名前では呼ばれずに起こるかもしれません。日本だけでなく、海外でも起こり得ます。そのために水俣学を深めていかなくてはならない、と原田は考えたのです。

情愛と煩悩

さて、話を石牟礼の方に戻したいと思います。「煩悩」という言葉は日頃、あまり良い意味では用いられません。近代の闇をつくり出したのも、通説に従えば「煩悩」であると言えるかもしれません。しかし、彼女の認識は違います。この言葉をめぐって、従来の通俗的な理解を、大きく捉え直し、発展させています。彼女のいう「煩悩」という言葉は、これまでに見てきた水俣病にかかわったすべての人を包み込む一語のようにも思われます。

愛という言葉はなんとなく、わたくしどもの風土から出て来た感じがしませず、翻訳くさくて使いにくいのでございますが、情愛と申した方がしっくりいたします。そのような情愛をほとんど無意識なほどに深く一人の人間にかけて、相手が三つ四つの子供に対して注ぐのも煩悩じゃと。人間だけでなく、木や花や犬や猫にも、煩悩の深い人じゃと肯定的にいうのです。これはどういう世界なのかと常々わたしは思います。（石牟礼道子「名残りの世」『親鸞――不知火よりのことづて』）

「情愛」の「情」はこころという意味です。今日、世の中でしばしば語られている「愛」は概念に過ぎず、自分が考えていることは、愛という言葉ではとうてい表せない。それは「情愛」と言い換えることで、もっと体感的になるのではないか、というのです。彼女にとって「情愛」と「煩悩」は同質の意味を宿した二つの言葉です。

さらに石牟礼は、自分が感じる煩悩の世界は、近代日本を代表する画家狩野芳崖[*5]が描いた悲母観音（第4章扉参照）の世界だとさえいうのです。

> 仏教では繰り返し末世の到来を説きながらきたわけですが、わたしたちは煩悩――若い人には煩悩という言葉は聞き慣れないかとも思います。非常にもどかしくて言い得ないのですが、狩野芳崖が描きました悲母観音の図、神秘的な、東洋の魂のもっとも深い世界を、日本人の宗教意識のもっとも奥のところを描ききった名作だと思いますけれど、わたしが申しますときの煩悩の世界とは、あの絵のような世界を思い浮かべております。（同前）

第1章で、水俣病を経験することで既存の宗教が滅びた、という石牟礼の言葉を、志村ふくみの文章で紹介しました。その一方で石牟礼は日常こそ最も宗教的であり、日常に新しい意味を見出すことこそが、とても大切なものなのではないか、というのです。煩悩の世界が悲母観音の世界であるなら、それはすなわち、『苦海浄土』の世界は悲母観音の世界だということです。とても悲惨な世界と、悲母観音の世界。『苦海浄土』にはいつもこうした多層性があります。

この作品で描かれたような苦しみの底で生きた人たちが私たちに教えてくれるのは、悲母観音の世界なのだと、石牟礼は感じている。

悲母観音の図には、宙に浮いている小さな子どもがいます。それが私たち人間です。その上から、大きな悲母観音が子どもを常に支えて、包み込んでいます。悲母、つまり悲しみの母ですから、人が悲しめば悲しむほど、仏が近くなってくる。人が苦しめば苦しむほど、それを支えてくれる大いなる力が現れる。それが、石牟礼が大いなるものとの間に見出している実感なのだと思います。

声にならない呻き

最後に、『苦海浄土』を読むときの心の置き場所のようなものを確認しつつ、この章を終わりたいと思います。次に引くのは、水俣病患者の茨木妙子と次徳の姉弟の家に謝罪にやって来たチッソの幹部一行を迎えた日のことを描いたものです。姉弟の両親が水俣病で亡くなっていました。


滂沱《ぼうだ》と涙があふれおちる。さらに自分を叱咤《しった》するようにいう。

「さあ！　何しに来なはりましたか。上んならんですか。両親が、仏様が、待っとりましたて。突っ立っとらんで、拝んでいきなはらんですか。拝んでもバチはあたるみゃ。線香は用意してありますばい」

彼女にうながされ、一行ははじめて被害者の仏壇に礼拝した。吹き降りの雨足の中を、背広を着た人びとは言葉を発することなく、自動車で次の患家にむかった。

その直後にわたくしが飛びこんだ。

「惜しかった！」

と彼女はいった。

「まちっとはよ来ればよかったて、今帰らした」

妙な気持ちじゃ、と彼女はまだ涙をふくんでいる大きな切れ長の目を、空に放っていう。

「ちっとも気が晴れんよ……。今日こそはいおうと、十五年間考え続けたあれこればいおうと、思うとったのに。いえんじゃった。
泣かんつもりじゃったのに、泣いてしもうて。あとが出んじゃった。悲しゅうして気が沈む」（第七章「昭和四十三年」）

「滂沱」とは、文字通りとめどなく、という意味です。泣きながら彼女は企業関係者に仏前で謝れという。しかし、そのあとはもう、言葉が出て来ない。十五年の間に、これだけは言いたい、そう感じていることは文字通り、山のようにあった。しかし、まさにその時が来たとき、まったく言葉になろうとしなかったというのです。

思いが高まって言葉にならないのではありません。言葉では包み込めない思いが彼女の胸にあるのです。それは企業側への憎悪だけではありません。両親の死に傷つき、血を流すように生きてきた。彼女は心のなかでは、それを両親がいつも慰めてくれているのを知っている。

両親は確かに亡くなった。しかし、それから今日まで、彼女の心には両親の、これまでとは別な歴史がある。それを憎しみの言葉だけで終わりにはできない、というのではないでしょうか。

『苦海浄土』において、どんなに文字を重ねてもけっして記され得ない言葉があることを石牟礼は知っています。『苦海浄土』は未完の作品です。彼女は、ある文章で第四部があることにふれています。患者だけでなく、その家族にも語り得ない思いがある。彼女は最期までそれと向き合い続けました。

また、『苦海浄土』は、容易に読み終わることのない本なのではないでしょうか。読み終えることのできない本には、目には見えない文字で書かれている場所がいくつもある。『苦海浄土』を読むたびにそうした思いが深くなります。

さらにいえば、そこには現代に生きる私たちには汲みつくせない何かがある、本当の意味での未来的な作品であるようにも感じます。

読み終えることのできる本は、たくさんあります。しかし、人生で何冊かは、読み終えることのできない本に出会ってもよいように思います。むしろ、そうした問いを投げかけてくれる書物こそ、真に文学と呼ぶにふさわしいものなのではないでしょうか。

＊1　杉本栄子

一九三八〜二〇〇八。漁師。母が当時「奇病」とされた水俣病の患者となり差別を受ける。父を水俣病で失い、自身と夫も発病し認定患者となる。九四年、水俣の自然と人の再生を祈る「本願の会」を有志とともに結成。家族と漁業を営みながら、語り部として水俣病の経験を伝えた。

＊2　緒方正人

一九五三〜。漁師。水俣病で父を失い、自身も発病するなかで未認定患者の運動を率いる。八五年みずから認定申請を取り下げて訴訟を離脱し、個人として独自の運動を展開。のち「本願の会」結成。現在も不知火海で漁を続ける。著書に『チッソは私であった』など。

＊3　佐々木清登

一九二九〜。漁師。五五年、結婚した頃に発病し、認定申請するが棄却される。水俣病だった父の死後、未認定患者の運動に参加。チッソとの自主交渉に携わり、水俣病患者連合会長を務めた。水俣病の語り部でもある。

＊4　川本輝夫

一九三一〜九九。市民運動家。新日本窒素肥料（現チッソ）で働いていた父を水俣病で亡くす。自身も未認定患者として未認定患者救済運動の先頭に立ち、チッソとの自主交渉を展開。七三年水俣病補償協定の調印にこぎつけた。その後チッソ水俣病患者連盟委員長、水俣市議などを務めた。

＊5　狩野芳崖

一八二八〜八八。明治期の日本画家。狩野派の伝統的筆法に西洋画の画法を取り入れた。フェノロサや岡倉天心の日本画革新運動に加わり、東京美術学校（現東京藝術大学）創立に尽力したが開校前に没。「悲母観音」が絶筆となった。

石牟礼道子 略年譜

元号（西暦）	事項
昭和 2（1927）	熊本県天草に生まれる。3か月後に水俣へ
昭和18（1943）	水俣実務学校（現県立水俣高校）卒業後、 国民学校（小学校）の代用教員となる
昭和22（1947）	教員を退職。結婚
昭和23（1948）	長男誕生
昭和27（1952）	「毎日新聞」熊本歌壇に投稿をはじめる
昭和33（1958）	谷川雁らとともに「サークル村」結成に参加
昭和40（1965）	「熊本風土記」に「海と空のあいだに」連載を開始
昭和43（1968）	水俣病対策市民会議を結成
昭和44（1969）	**『苦海浄土——わが水俣病』**（「海と空のあいだに」改題）刊
昭和45（1970）	『苦海浄土』により第1回大宅壮一賞に決まるが、受賞を辞退
昭和46（1971）	チッソ東京本社との「自主交渉闘争」に参加
昭和49（1974）	**『苦海浄土』第3部とされる『天の魚』**刊
昭和51（1976）	『椿の海の記』刊
昭和59（1984）	『親鸞——不知火よりのことづて』（共著）刊
平成 2（1990）	『花をたてまつる』刊
平成 6（1994）	『葛のしとね』刊
平成11（1999）	『アニマの鳥』刊
平成14（2002）	新作能「不知火」発表、上演
平成16（2004）	『石牟礼道子全集 不知火』（全17巻・別巻1）刊行開始 全集の第2巻として**『苦海浄土』第2部『神々の村』**刊
平成25（2013）	「花の文を——寄る辺なき魂の祈り」（「中央公論」2013年1月号）発表 ドキュメンタリー映画「花の億土へ」 （監督・金大偉／出演・石牟礼道子）公開
平成30（2018）	パーキンソン病による急性増悪のため熊本市の介護施設で死去

ブックス特別章

『椿の海の記』の世界——語らざる自然といのちの文学

『苦海浄土　わが水俣病』は、詩だというのが、作者である石牟礼道子の実感でした。第2章でもふれましたが、詩のようなものだ、というのではなく、これまでの詩とは異なる新しい詩だというのです。水俣病事件という未曽有の出来事が起こった。表現もそれに呼応して新しくならなければならない。同時に彼女にとって詩を書くという行為はつねに、一人で行う「闘い」でした。

詩の言葉によって私たちは、国、地方自治体、企業という、勢力的には一個人をはるかに超えた集団とも闘い得る、と彼女は信じていました。彼女にとって本当の意味で「詩人」であるとは、言葉を巧みに扱う人ではありません。それは言葉にならないもう一つの「コトバ」を受け止める者の呼び名でした。ここで「コトバ」と書くときは、言語を超えた姿で世界に顕われでるうごめく意味を指します。画家は色をコトバとし、音楽家は旋律をコトバにする。悲しみにある者にとって涙がコトバになることもある。

こころのうごめきは、目には見えません。ですが、言葉という衣をそこにそえることで私たちのもうひとつの「眼」が開かれ、そこに言葉を超えた「コトバ」を感じることができるのではないでしょうか。彼女の自伝『葭の渚』には詩人とコトバをめぐる次のような言葉があります。

　言葉というものはどこから生まれてきたのか。言葉にできない声音《こわね》で、この世はみちみちている。詩人とは、ふつうには聴こえない生身の山びこを肉声として聴きとれる人ではなかろうか。文字というのは、そういう山びこをとらえる網の目としてこの世に生まれたのではあるまいか。

語り得ぬもの、語らざる者の胸中深くにある念《おも》いを受けとり、言葉のちからを借りて、それを世に送り出す、それが詩人の使命だというのです。真の文学は、世にいう文学者の頭脳のなかにあるのではなく、人生という試練を懸命に生きる民衆と共にある、というのでしょう。

二〇一八年二月十日に石牟礼道子は亡くなりました。多くの新聞がその死を大きな紙面を割いて伝え、それをきっかけにこれまで彼女の文学を読んだことのない人も、その言葉と向き合おうとしたようでした。書店では書籍を平積みにし、哀悼の意を表していました。

しばらくすると各所で追悼する催しも行われました。東京で行われた会では全国から多くの人が花を片手に集まりました。そのなかのひとりに皇后美智子さまがいらっしゃいました。石牟礼さんと美智子さまには、さまざまなつながりがありました。二人のあいだをつないだもののひとつが、世に潜んでいるかなしみの文学と呼ぶべきものだったのです。

そこに集った人たちの多くは、彼女との「別れ」を感じながら、未知なる出来事の「始まり」を感じていたようにも思います。私もその列に連なりましたが、別れたはずなのに、どこかこれまでとは違う石牟礼道子に出会っているようでした。

作家の死はしばしば、その言葉を変容するちからを持ちます。誤解を恐れずにいえば、肉体としての生涯が終わると同時に、彼女の言葉は新たな意味を携えて新生するのです。私たちはもう、彼女の肉声を直接聞くことはできません。しかし、私たちはこれからふたたび新しい意味の地平において、生ける死者となった石牟礼道子と、そして彼女が描き出した者たちと終わりなき対話をすることができるようになったのです。

「読む」という対話

その対話のもっとも確かな方法、それは彼女の作品を「読む」ことにほかなりません。『苦海浄土』が刊行されたのは一九六九年です。すでに半世紀にわたって読み継がれてきたことになります。

この作品が、水俣病事件を告発するためだけの文学だったとしたら、今日まで読まれ続けることはなかったと思います。この本に出会って人生が変わったという人に幾人も出会ってきました。この本からは水俣病を告発する運動が起こっただけではありません。先章にもふれたようにそれを「ゆるす」という言葉も生まれたのです。さらには原田正純が語った「水俣学」もこの本の誕生が遠因になっていると思います。さまざまな分野の専門家、そしてさまざまな感情を胸にした民衆が、消え去ることのない意味をこの本に見出していたのです。

『苦海浄土』が現代の古典というにふさわしいものであることは論を俟《ま》ちません。ですが、そのことと、この作品が、いつでも誰の心にも受け入れられるというのとは別です。『苦海浄土』を読んでみたい。でも、なかなか手が出ない。あるいは、読んでみた、でも読み進めることができなかったという人も少なくないのではないでしょうか。

かつて私自身がそうでしたし、石牟礼道子の作品をめぐって講演をする機会などにもそうした声をしばしば耳にしました。

晩年の石牟礼道子と言葉を交わす機会をもちましたが、そこで彼女としばしば話し合ったのは、『苦海浄土』で描かれている現実を歴史として感じる世代に、この言葉をどう伝えていくか。次の時代を担う人々に読んでもらうために何をしなければならないのかという問題でした。

読者と『苦海浄土』とのあいだには、架け橋があったほうがよいのかもしれない。それも他者の言葉ではなく、石牟礼自身の作品によってそこに一つの橋を作ることができたら、人々は、石牟礼道子の世界にふれつつ、『苦海浄土』へと導かれることになる。そこで改めて取り上げてみたいのが『椿の海の記』です。この作品も『苦海浄土』に似て、小説、エッセイ、ノンフィクションといった従来の形式には収まらないものです。ある人はこれを私小説だというかもしれませんし、ある人は長編のエッセイだというかもしれません。しかし、作者はやはり、これを「詩」だとおもって書いたように思います。この作品で石牟礼は、自然が語るコトバを全身に浴びて育った幼少期の経験を語ります。

次の一節がどれほどのちからを有しているかは、文字を目で追っているだけではわかりません。ぜひ、声に出して読んでみていただきたいのです。石牟礼道子の作品の多くは朗読されることで別の姿に生まれ変わります。文字としては認識できなかった、言葉の匂い、意味の香りを感じることができます。

山の稜線や空のいろが虚空のはてに流れ出したり、そびえ立つ樹々の肌が、岩より硬く大きく割れだしてみえる日に、そのような世界の間を吹き抜けてゆく風の音が、稚い情緒を、いっきょに、人生的予感の中に立ちつくさせることがある。ことに全山的に咲く花々のいろや、その芳香というものは、稚いものを不可解な酔いの彼方に連れてゆく。春の山野は甘美で不安だが、秋の山の花々というものは、官能の奥深い終焉のように咲いていた。春よりも秋の山野が、花自体の持つ性の淵源を香らせて咲いていた。（『椿の海の記』）

「人生的予感」とは何を指すのか、どう読み解くかによってこの作品の意味は変わってきます。作者はここで自分が自然をどう感じたかを語ることをしません。むしろ、受け身になって、その無音の、人間が用いる言葉とは別種のコトバを受け止めようとします。自然は人間が語るような言語では語りません。しかし、さまざまな現象によって人間に向かって呼びかけてきます。山、空、樹々、花々は、言葉ならぬコトバによって語りかける。これが石牟礼が見た、「水俣病事件」以前の水俣の光景であり、生活です。

この場面は、一見すると子どもと自然の無邪気な交わりを描いているようにも感じられますが、「人生的予感」言葉がその場の空気に穴を開けているようにも感じられます。水俣の自然はすでに、この幼い女の子に来たるべき悲劇を訴えているようにも思えてきます。

少女だった彼女にとってコトバを通じた自然との対話こそが日常であり、言語のみで覆われた近代社会が異様なものとして感じられたのです。言語を用いるのは人間だけです。言語で覆われた世界とはすなわち、人間しかいない世界にほかなりません。彼女はこの作品を通じて、まず、人が他の生き物、すなわち「生類《しょうるい》」と共にある地平を回復しようとするのです。

『苦海浄土』が描き出すのは、ゆえなく水俣病という責苦を背負わされた人々の悲しみや嘆きだけではありません。作者は、そこにいつも「生類」のことわりが壊れゆくさまを見ていました。あるときから人は、自然を消費し始めました。人間の欲望にしたがって自然を材料化したのです。人間が欲しいと思う分だけ自然からその果実を収穫したのです。しかし、幼い石牟礼がふれた世界との交わりはまったく異なる秩序のもとに行われていました。『椿の海の記』の秩序とはたとえば次のようなものです。

「みっちん、やまももの実ば貰《もら》うときゃ、必ず山の神さんにことわって貰おうぞ」

そう父親は幼い石牟礼にいうのです。木の実ひとつでも、それは山の神から分け与えられたものである。そこに感謝の言葉を添えて受け取らねばならない、というのです。『椿の海の記』の世界は、言葉とコトバの豊かな交りあいの世界です。人は自然からコトバを受け、言葉で返す。心から発せられる言葉は、現代人が考える言語には留まらない何かです。

「たとえ口の見舞いだけでも病人には利くという」ともこの作品には記されています。ある人はこれを祈り、また、悲願と呼ぶかもしれません。

花々や木々だけではなく、風や水、岩さえも人間とは異なる姿で「生きている」と、彼女は感じていました。石牟礼は、石屋の娘として生まれます。このことは彼女の文学、その世界観に小さくない影響を与えています。

石は天のしずくだと、そう父親は語っていた、という話を私は彼女から直接、幾度か聞きました。水も例外ではありません。彼女は、石清水には「女水《おなごみず》と男水《おとこみず》」があったと書いています。

朝の磯の静けさを椿の花々が吸っている。ここらの磯のきわの岩清水には、女水《おなごみず》と男水があり、ホキナジロの岩床の上に湧く水は、男水である。原生種の蜜柑《みかん》が、岬のむこうの岩の岸壁の上にいっぽん生えている。その野生の蜜柑の樹のずうっと下の、岩の割れ目の水は女水で、かすかな青みを帯びて沈みこみ、それは甘くやわらかい味がした。(「椿の海の記」)

女水と男水が交わり、そこにいのちが育まれる、それが生活上の常識だった。彼女たちにとって海が特別な意味をもっていたのはいうまでもありません。それは、いのちの母胎そのものでした。

別のエッセイで彼女は、当時のことを振り返って、このころ自分が両親をはじめとした大人たちから教わったのは知識や情報ではなく、「敬虔なおののきみたいなもの」だったというのです。

学校なんかではそういうことは教えないと思うんですけれども、私たちの世代まではかろうじて、そういう民俗の感覚の伝統みたいなもの、学校で教えない、一種の、この世に対する敬虔なおののきみたいなもの、そういうものを親たちから教えられて、子供たちはそれをまた親になったら自分の子供たちに教えて、たいへんいいものだったなぁと思うんです。（『花をたてまつる』）

このことには第3章でも少しふれました。ここでの「学校」にはさまざまな意味があります。現代の教育、教師と生徒という不可逆の関係、あるいは校舎という人工的世界も意味しているように感じられます。「学校」では教えないこと、というよりも学校では教えられないもののなかにこそ、人間を「生類」へと回帰させるものがある、と石牟礼は考えている。また、「学校」では文字で表せることを教わる。だが、自分は周囲の大人たちの生きる姿から、言葉にならないものが、この世にあることを教わった。むしろ、その言葉たり得ないものが、言葉の基盤ですらあるというのでしょう。

もし、『苦海浄土』や『椿の海の記』でも石牟礼道子の文学世界に入るのが難しいと感じる人は、彼女の随筆や講演録がよいかもしれません。先の章でふれた「名残りの世」もその一つですが、「書く」ときだけでなく、「語る」ときも石牟礼は独特の魅力をもっていました。ある人は「語る」ときの方が、というかもしれません。

質的なものとしての「いのち」

文字で表しつくせるものは、いつも量的なものです。言葉は質的なものの一部しか表現できません。世間はさまざまなものを「量化」します。質的なものを量として扱うのです。

人間が亡くなる。誰もがある人のかけがえのない人です。同じ人は二人いません。それにもかかわらず、私たちはときに「何人死亡」という言葉でそれを置き換えたままにしてしまいます。同じ悲しみは二つありません。ですから、悲しみを比較することはできません。

現代はどこかで悲しみを量で考えている。しかし、石牟礼は、そうした傾向を厳として拒む。数えられないものを知る者が、数に置き換えることを強制されたときの違和感を石牟礼は書き記しています。

数というものは無限にあって、ごはんを食べる間も、寝ている間もどんどんふえて、喧嘩が済んでも、雨が降っても雪が降っても、祭がなくなっても、じぶんが死んでも、ずうっとおしまいになるということはないのではあるまいか。数というものは、人間の数より星の数よりどんどんどんどんふえて、死ぬということはないのではあるまいか。稚ない娘はふいにベソをかく。数というものは、自分のうしろから無限にくっついてくる、バケモノではあるまいか。

一度かんじょうをはじめたら最後、おたまじゃくしの卵の管のような数の卵が、じゅずつながりにぞろぞろびらびら、自分の頭の中から抜け出して、そのくねくねとつながる数をぞろ曳きながら、どこまでも「この世のおしまい」までゆかねばならぬ直感がする。（『椿の海の記』）

数を、際限のない「バケモノ」であると感じるのは、幼い子どもの空想ではありません。数が人間の欲望と結びついたとき、どれほど恐ろしいことになるのかを私たちは水俣病事件で目撃したのです。

量的なものは代替可能なものです。しかし、質的なものに「代わり」はありません。質的なものは、「一」が「二」になることを拒む。つねに「一」は「一」であり続けます。いのちを数の世界に受け渡してはならない、ここにも石牟礼道子の遺言があるように感じられます。

近代になって人間は「人類」のことばかり考え、この世界を人間の都合のよいように利用してきた。人類は、他の生き物の総称である生類とつねに共にあることをいつしか忘れ、ヒト以外をヒトのために利用することばかりを考えてきた。

人は、食べなくては生きていけません。食べ物を神々の授かりものだと感じる。これが『椿の海の記』の原点です。しかし、人はいつからか、「授かる」のではなく、「収穫」すると考えるようになった。そして、もっとも多く「収穫」すべきは金銭、あるいは経済力と呼ばれるものだと認識するようになった。こうした世界観が水俣病事件を生んだ、と彼女は考えています。

人類は、生類という大きないのちに包まれているとき、はじめて人類たり得る。「授かる」と感じるものの心中には感謝と信頼があります。そして、真摯な願いもそこに生まれるでしょう。

そうした心で——石牟礼は「魂」という言葉を使います——世界とつながること、そして人間が他者とつながること、『苦海浄土』に描かれた「真実」は、そうした在り方を取り戻さなくてはならないのではないかと、私たちに問いかけています。

『椿の海の記』の冒頭に「死民たちの春」と題する短行詩があることは先章でもふれま

した。「死民」というように、彼女がつながりを感じたのは、この世に生きている者ばかりではありませんでした。死者の「まなざし」に見えないコトバを読み取ること、それが書く者としての使命であると彼女は考えていました。「わが死民」と題する一文で彼女は、「死民とは生きていようと死んでいようと、わが愛怨のまわりにたちあらわれる水俣病結縁のものたちである。ゆえにこのものたちとのえにしは、一蓮托生にして絶ちがたい」と書き、その存在が自分にとっていかにかけがえがないものであるかを切々と述べています。そして彼女はこう続けています。

このような生存世界から剝離し、水俣病事件の総体から剝離してゆくものたちは、未来へゆくあてもないままに、おそらく前世にむけて戻ろうとするのではあるまいか。前世とは、たぶん、罪障を宿している世界である。そこへ戻るにも生きてゆこうにも無明の道であって、煩悩だけが足のないものたちとなり、わたくしの身辺に寄りなずむ。（『水俣病闘争　わが死民』）

ここで注意しなくてはならないのは、石牟礼が「死民」というとき、それは亡くなった人だけを指すのではない、ということです。この世にありながら、語ることを奪われ、亡き者のように見過ごされている者すべてを彼女はそう呼ぶのです。「死民」という強い言葉で彼女が世に問いかけるのは、語らざるものこそ、真実の目撃者である、ということにほかなりません。

「おもかさま」の「眸」

『椿の海の記』にふれて、「おもかさま」にふれないわけにはいきません。おそらく石牟礼のなかでは、自身の祖母であるこの女性が、この作品の主人公だと感じていたように思います。この女性も、ある意味での近代社会における「死民」です。

物語のなかでもっとも多く登場するのは「みっちん」です。しかし、この詩的世界の核をなしているのは、世間からは常軌を逸しているとみなされている老女なのです。しかし、石牟礼は彼女の「眸《め》」に映じる世界にあるものをけっして見過ごさない。

先章で『苦海浄土』第三部の「序詞」にある「われよりふかく死なんとする鳥の眸《め》に遭えり」という一節を引きました。「鳥の眸」には、人間が見逃すものも記憶されている、そう石牟礼は感じています。この「序詞」の冒頭にはこう記されています。

生死のあわいにあればなつかしく候

みなみなまぼろしのえにしなり

生者の世界でもなく、死者の世界でもない、その「あわい」にいるので、すべてのものと「えにし」があり、いのちのつながりを感じる、というのです。

ここでの「まぼろしの」という表現は、空想の、という意味ではありません。それは容易に言葉ではとらえきれない、しかし、確かに存在するもの、というほどの意味です。

近代化した合理的世界観からみれば、「おもかさま」はある種の病者です。しかし、他人を寄せ付けない彼女も「みっちん」だけは特別でした。二人の間では言葉だけでなく、コトバによる対話がなりたつのです。

あるとき「おもかさま」は「仏さまのお花の蕾ば見つけて来た」という。こうした話に耳を傾けるのは、孫の「みっちん」と「おもかさま」の息子で「みっちん」の父親でもある亀太郎だけです。次の一節にある「神経殿《どん》」は、神経を病んだ人というほどの意味で「おもかさま」を指しています。世間が彼女を見る目はまったく異なるものでした。

天地の間にゆくところもなさそうな、めくらで神経殿《どん》の、祖母の姿もあわれのかぎりながら、身じまいのよい「おきやばん」にも、わたしはことに煩悩かけられて、可愛がってもらっていて、その人が畜生の化身だと聞かされては、しげしげと衿足のうしろから、おかっぱかたむけて見ていると、この世は凄惨で息をのまずにはいられない。（『椿の海の記』）

幼い石牟礼の眼には、「狂って」いるのは時代の方で、「おもかさま」ではないという、確信めいた自覚がありました。現代という時代は、頼みにできるはずの「天」すらも病んでいるのはないか、そんな「予感」が、幼き石牟礼にもあったようにすら感じられます。

先に「祈るべき天とおもえど天の病む」という石牟礼の句を引きました。この言葉は、俳句を作ろうとして出来上がったものではありません。水俣病闘争のさなか、彼女の胸を突き破るように現れた悲痛な叫びのような言葉です。近代とは、祈るべき「天」すら病んでいる時代だと嘆くのです。「おもかさま」はこうした時代のなかでも「天」とのつながりを失わない。しかし、それゆえに世間からは白眼視されるような姿をしなくてはならなかったというのです。「この世の無常と有情とをそのようにしてつくったり、ほぐしたりするあそびをあそぶ幼女がそこにいた」と石牟礼は「おもかさま」の姿を描いています。

『苦海浄土』が石牟礼道子の代表作であることは誰しも納得するところです。しかし、もし、代表作として一冊しか彼女の作品を挙げることが出来ないとなると意見はさまざまなようです。

作家石牟礼道子の発見者でもあり、文学上の精神的協同者といってよい人物に渡辺京二がいて、『苦海浄土』は、渡辺が編集責任者だった雑誌『熊本風土記』に連載したのが本格的な契機となって生まれた作品であることも先に見ました。渡辺はその後も石牟礼との信頼を深め、本当の意味での同志になります。

ある時期から渡辺は、石牟礼の原稿の清書を手伝うようにもなります。彼は、石牟礼の作品の最初の、そして最良の読者のひとりです。彼は、もし一冊しか石牟礼道子の作品を後世に伝えられないとしたら、『苦海浄土』よりも『椿の海の記』を選ぶ、「この作品についてまず言われねばならぬのは、石牟礼道子という魂のすべてが語られているということだろう」と書いています。渡辺はこの作品の読後感をこう記しています。

> 一読して私は打ちのめされた。これほど圧倒的な傑作であったのか。彼女の代表作は何と言ってもまずは『苦海浄土』ということになるかも知れぬが、代表といっても彼女の何れかの面を代表しているわけで、『あやとりの記』だって『天湖』だって、ある視点からすると彼女の代表作たるを失わない。だが、人類滅亡の日に人類の創造物の精髄を集めたカプセルが作られ、どこかで永久保存させられ、ゲーテだってシェークスピアだって一作しか収納が許されないとすれば、石牟礼道子の場合その一作は『椿の海の記』でなければならぬと私は信じる。（「『椿の海の記』讃」『預言の哀しみ』）

文学としては『苦海浄土』を超えるといい、ゲーテやシェイクスピアに比肩する作家石牟礼道子を象徴する作品であるとまでいうのです。渡辺は、過大な言説を嫌う人物ですが、この一節は最大級の讃辞だといってよいと思います。

しかし、一つ注意しなくてはならないのは、渡辺は石牟礼道子を「偉大な」人物だとほめあげているのではない、ということです。渡辺にとって――それは石牟礼にとっても同じでしたが――文学者の真の使命は、語らざる者たちの声をこころに映しとり、それに言葉の衣をまとわせ、世に顕現させることだからです。ゲーテやシェイクスピアの存在の大きさもこの点にあることを渡辺は十分に理解して先のように述べているのです。『苦海浄土』の歴史的、文学的意義を渡辺が疑っているのではありません。むしろ、彼はその深みをもっともよく知る人物のひとりです。先の一節で明言はされていませんが、もし『苦海浄土』を読み進めることに大きな壁を感じる者は、『椿の海の記』だけでも手にしてほしいという心持ちがあるようにも感じられます。先の一節に続けてこの作品を代表作として選ばねばならない理由を次のように述べています。

日本人の農山漁村における基礎的な生のありようは、これまで学者や文学者によって外から観察されたのであり、その住民は「調査・研究」の客体的対象にすぎなかった。ところが、彼らのうちのひとりの女性が、初めて彼らの生活と意識の内実を、ひとつの文学作品として表現した。学者や文学者、つまりは近代知識人によって外からのぞきこまれ、あれこれと研究・論評されていたこの国の基層にある民が、私たちはこういう世界に生きているのですよと初めて自己表現をした。『椿の海の記』はそういう画期的意識をもつ作品であって、だから私は石牟礼道子の作品からひとつ残せと強制されるならこれを選ぶというのだ。（同前）

この一節には石牟礼道子を読み解くためのいくつかの重要な鍵語が記されています。まず、私たちは彼女が描き出す世界を「観察」、あるいは「調査・研究」の眼で眺めてはならないということです。調査や研究が無意味だといっているのではありません。石牟礼の描き出す世界は、学問という方法論を超えていると述べているのです。

難しいことが述べられているのではありません。悲しむ者が描かれているときは、その出来事をわがこととしてとらえなおすことが求められているというのです。観察の目ではなく、心情の「眼」で読むとき、石牟礼道子の言葉は、私たちの表層意識にではなく、その深層にはたらきかけるというのでしょう。

先の一節に「基層にある民」という表現がありました。これが本当の意味での民衆なのですが、渡辺はここであえて「基層」という言葉をつかって、そうした人々の生活の実相は、高いところから眺めていては見えない場所で粛々と営まれているというのです。

渡辺が指摘するように『椿の海の記』には、「基層にある民」の生活がその内面から描き出されています。それは私たちが、近代化の波のなかで失ってきた何ものかの、ありありとした存在、あるいは存在している者たちの姿でもあるのです。

「基層にある民」にとって生きるとは、日々「生命《いのち》」と交わり、自分もまた「生命」あるものであることを確かめることにありました。この作品には「生命」のありようをめぐって次のような言葉が刻まれています。

この世は生命あるものたちで成り立っている。この生命たちは有形にも無形にも、すべてつながりあって存在していた。赤んぼうというものはまず、言葉を知る前に、視覚と聴覚と、それから、見えない触覚のように満を持しているおどろくべき全感覚で、他の存在について知覚しながら育つのである。ものごとを在るがままに理解し、肯定するということならば、この世と幼児とは、出遭いの最初からその縁を完了させてもいたのである。陽の色がうつろい、風がそよぎ渡り、銀杏などが実を結ぶあいだに、そのような出遭いは幾度終ることであったろう。（『椿の海の記』）

世の東西を問わず、宗教的な偉人や賢者たちは、幼子の心の重みを説いて止《や》みません。しかし、現代人は「子ども」であることを嫌い、いつの間にか「大人」になり過ぎたようにも思われます。「おもかさま」にふれ、石牟礼が「幼女」という言葉を用いていたように、私たちもまた、自然とあるいは亡き者たちを含む他者と深くつながっている幼き者の魂を、呼び起こさなくてはならないのかもしれません。

さらにいえば『苦海浄土』をはじめとした石牟礼の作品は、幼子の心をもってしか読み解けない何かを蔵しているように思えてならないのです。

ブックリスト——石牟礼道子の宇宙を読む

若松　英輔編

『苦海浄土——わが水俣病』と石牟礼道子の軌跡を追う、基本的な文献を挙げました。
このほかにも写真、映像にも優れた作品があります。

◎石牟礼道子の著作

石牟礼道子『花をたてまつる』葦書房、一九九〇年
石牟礼道子『葛のしとね』朝日新聞社、一九九四年
石牟礼道子編『水俣病闘争　わが死民（復刻版）』創土社、二〇〇五年
石牟礼道子『椿の海の記』河出文庫、二〇一三年
石牟礼道子『葭の渚——石牟礼道子自伝』藤原書店、二〇一四年
石牟礼道子『花の億土へ』藤原書店、二〇一四年

石牟礼道子『水はみどろの宮』福音館文庫、二〇一六年
石牟礼道子『花びら供養』平凡社、二〇一七年
石牟礼道子『綾蝶の記』平凡社、二〇一八年
石牟礼道子、志村ふくみ『遺言』ちくま文庫、二〇一八年
『石牟礼道子全集・不知火』全十七巻＋別巻一、藤原書店、二〇〇四〜一四年

◎石牟礼道子と響きあう言葉

内村鑑三「既に亡国の民たり」『内村鑑三全集9』岩波書店、一九八一年
河合隼雄『宗教と科学の接点』岩波書店、一九八六年
宮沢賢治『宮沢賢治全集1　『春と修羅』／『春と修羅』補遺／『春と修羅　第二集』』ちくま文庫、一九八六年
井筒俊彦『意識と本質――精神的東洋を索めて』岩波文庫、一九九一年
吉本隆明・桶谷秀昭・石牟礼道子『親鸞――不知火よりのことづて』平凡社、一九九五年
志村ふくみ『ちよう、はたり』ちくま文庫、二〇〇九年

大鹿卓著・石牟礼道子解題『新版　谷中村事件　ある野人の記録　田中正造伝』新泉社、二〇〇九年
渡辺京二『もうひとつのこの世　石牟礼道子の宇宙』弦書房、二〇一三年
臼井隆一郎『『苦海浄土』論　同態復讐法の彼方』藤原書店、二〇一四年
岩岡中正『魂の道行き　石牟礼道子から始まる新しい近代』弦書房、二〇一六年
米本浩二『評伝　石牟礼道子：渚に立つひと』新潮社、二〇一七年
若松英輔『常世の花　石牟礼道子』亜紀書房、二〇一七年
渡辺京二『預言の哀しみ　石牟礼道子の宇宙Ⅱ』弦書房、二〇一八年
髙山文彦『ふたり　皇后美智子と石牟礼道子』講談社文庫、二〇一八年

◎水俣病事件をめぐって

原田正純『水俣病は終っていない』岩波新書、一九八五年
栗原彬編『証言　水俣病』岩波新書、二〇〇〇年
緒方正人『チッソは私であった』葦書房、二〇〇一年
原田正純『金と水銀——私の水俣学ノート』講談社、二〇〇二年

栗原彬『「存在の現れ」の政治――水俣病という思想』以文社、二〇〇五年
宇井純『宇井純セレクション』1〜3、新泉社、二〇一四年
高峰武『水俣病を知っていますか』岩波ブックレット、二〇一六年
原田正純『いのちの旅――「水俣学」への軌跡』岩波現代文庫、二〇一六年
宇井紀子編『ある公害・環境学者の足取り――追悼　宇井純に学ぶ〈新装版〉』亜紀書房、二〇一六年
『水俣から　寄り添って語る』水俣フォーラム編、岩波書店、二〇一八年
『水俣へ　受け継いで語る』水俣フォーラム編、岩波書店、二〇一八年
「文藝別冊　石牟礼道子」河出書房新社、二〇一八年
永野三智『みな、やっとの思いで坂をのぼる――水俣病患者相談のいま』ころから、二〇一八年

あとがき

はじめて石牟礼道子さんにお会いしたのは、二〇一四年でした。彼女が暮らしていた施設で会いました。最初で最後になるかもしれないとおもい、親しくしている大学生の友人を伴っていきました。

『苦海浄土――わが水俣病』で描かれた、語らざるものたちのおもいがうごめく世界、そしてそのことを、生涯を賭して伝えようとした石牟礼道子という人物がいたことをなるべく印象深く、次の世代に伝えたいと思ったのです。

もしかしたら、自分がどう読むかなど、この作品がいかに受け継がれていくかと関係がないのではないか、そう感じている人もいるかもしれません。それは違います。

本文中でもふれましたが、書かれた言葉は、真摯に語り継がれることによってより強く、確かなものになっていくのです。それは単なる継承ではなく、新たなものを作るに等しい意味のある営みです。

これからも『苦海浄土』は、育ち続けるに違いありません。ですが私たちは、この

「かなしみ」――悲しみと哀しみと愛しみと美しみと愁しみが折り重なった――の詩が、大きな森のようにそだっていく原点になる場所に立っているのです。その責任は重大です。

水俣病運動にはさまざま人が連なりました。そこには亡き者たちもいる、というのが『苦海浄土』の世界です。しかし、それだけでなく、この運動を知り、民衆の声ならぬ声に打たれ、見えない火を胸に灯し、集まってきた無私の第三者がいました。そうした人々のことを石牟礼さんはこう記しています。

世の中には、無償のことをだまって、終始一貫、やりおおせる人間たちが、少なからずいるということを知りました。当の患者さんたちにさえ、名前も知られず、顔も知られず、やっている事柄さえ知られずに、いや知らせずに、それこそ、三度のメシを一度にして、ただでさえ貧しい家産を傾けて生命をけずり、ことを成就させるためには何年も何年も、にがい苦悩を語ることなく黙々と献身しつづけた多くの人びとと共にわたしは暮しました。ただ瞠目し、居ずまいを正し、こうべを下げて過ぎこして来ました。この知られざる献身はいまにつづき、おそらく患者たちの最後の代まであることでしょう。このようなひとびとの在ることはわたくしにとっての荊冠《けいかん》でもあり、未知なるなにかであり、実在の永遠でした。そのいちいちを患者たちは知らずともここに記し、終生胸にきざみ、ゆくときの花輪にいたします。もうあの黒い死旗など、要らなくなりました。目がもつれますから。(『実録水俣病闘争　天の病む』葦書房)

「あの黒い死旗」とは、「死民」と記された、いわば水俣病闘争におけるのぼり旗です。『苦海浄土』の第四部を書かねばならない、というのが石牟礼さんの宿願でした。彼女にとって書くことも闘いだったということにもふれましたが、このひとり行う闘いに、私たちも読み、語ることでこの一節にあった人々のように、参加できるのです。

この本は最初、NHK・Eテレの「100分de名著」のテキストとして出版されました。私を「指南役」に選んでくれたのは番組プロデューサーの秋満吉彦さんです。秋満さんとの出会いがなければすべては始まりませんでした。

番組を経て新たに気づかされた点も少なくありません。番組収録のときにお世話になった皆さん、ことにテレコムスタッフのディレクター平田潤子さんには本当に助けられました。番組進行役の伊集院光さんと礒野佑子さんにもさまざまな示唆をいただきました。この場を借りて皆さんに心からの御礼を申し上げたいと思います。

テキストは「語り」の要素を生かすために小さな講義のようなものを何回か行い、形を確かめながら作っていきます。そのときの文章をまとめてくださったのがライターの丸山こずえさんです。それにNHK出版の編集者本多俊介さんがさらに手を加えてかたちになっていきます。彼らとの協同の仕事がこうしたかたちになることを共に喜びたいと思います。

そのほかにも石牟礼道子さんや渡辺京二さん、水俣フォーラムの皆様など、多くの方々に支えられながらこの本は生まれました。この場をかりて御礼申し上げます。

二〇一八年十二月二十五日

若松英輔

本書は、「NHK100分de名著」において、2016年9月に放送された「石牟礼道子『苦海浄土』」のテキストを底本として加筆・修正し、新たにブックス特別章「『椿の海の記』の世界——語らざる自然といのちの文学」、ブックリストなどを収載したものです。

装丁・本文デザイン／菊地信義

編集協力／丸山こずえ、福田光一

本文フォーマットデザイン／山田孝之

図版作成／小林惑名

エンドマークデザイン／佐藤勝則

本文組版／㈱CVC

協力／NHKエデュケーショナル

p.1　石牟礼道子肖像（藤原書店）

p.15　『苦海浄土』原稿（所蔵／水俣病センター相思社、写真／朝日新聞社）

p.51　1974年のチッソ水俣工場（撮影／鬼塚巌、写真／水俣病センター相思社）

p.83　水俣市茂道で漁をするもやい船。左は杉本栄子さんのイワシ網漁船「快栄丸」（写真／水俣病センター相思社）

p.115『悲母観音』狩野芳崖筆・部分（所蔵／東京藝術大学大学美術館）

若松英輔（わかまつ・えいすけ）

1968年新潟県生まれ。批評家、随筆家。東京工業大学リベラルアーツ研究教育院教授。慶應義塾大学文学部仏文科卒業。2007年「越知保夫とその時代 求道の文学」にて第14回三田文学新人賞評論部門当選、2016年『叡知の詩学 小林秀雄と井筒俊彦』（慶應義塾大学出版会）にて第2回西脇順三郎学術賞受賞、2018年『詩集 見えない涙』（亜紀書房）にて第33回詩歌文学館賞詩部門受賞、『小林秀雄 美しい花』（文藝春秋）にて第16回角川財団学芸賞受賞。著書に『イエス伝』（中央公論新社）、『魂にふれる 大震災と、生きている死者』（トランスビュー）、『生きる哲学』（文春新書）、『霊性の哲学』（角川選書）、『悲しみの秘義』（ナナロク社）、『内村鑑三 悲しみの使徒』（岩波新書）、『種まく人』『詩集 幸福論』『常世の花 石牟礼道子』（以上、亜紀書房）、『若松英輔 特別授業『自分の感受性くらい』』（NHK出版）など多数。

NHK「100分de名著」ブックス
石牟礼道子　苦海浄土～悲しみのなかの真実

2019年1月25日　第1刷発行
2024年1月30日　第5刷発行

著者――――若松英輔

発行者―――松本浩司

発行所―――NHK出版
〒150-0042　東京都渋谷区宇田川町10-3
電話　0570-009-321（問い合わせ）　0570-000-321（注文）
ホームページ　https://www.nhk-book.co.jp

印刷・製本―広済堂ネクスト

Printed in Japan　ISBN978-4-14-081764-3　C0090

NHK「100分de名著」ブックス

ドラッカー マネジメント……上田惇生
孔子 論語……佐久 協
ニーチェ ツァラトゥストラ……西 研
福沢諭吉 学問のすゝめ……齋藤 孝
アラン 幸福論……合田正人
宮沢賢治 銀河鉄道の夜……ロジャー・パルバース
ブッダ 真理のことば……佐々木 閑
マキャベリ 君主論……武田 好
兼好法師 徒然草……荻野文子
新渡戸稲造 武士道……山本博文
パスカル パンセ……鹿島 茂
鴨長明 方丈記……小林一彦
フランクル 夜と霧……諸富祥彦
サン=テグジュペリ 星の王子さま……水本弘文
般若心経……佐々木 閑
アインシュタイン 相対性理論……佐藤勝彦
夏目漱石 こころ……姜尚中
古事記……三浦佑之
松尾芭蕉 おくのほそ道……長谷川 櫂
世阿弥 風姿花伝……土屋惠一郎
万葉集……佐佐木幸綱
清少納言 枕草子……山口仲美
紫式部 源氏物語……三田村雅子
柳田国男 遠野物語……石井正己
ブッダ 最期のことば……佐々木 閑

荘子……玄侑宗久
岡倉天心 茶の本……大久保喬樹
小泉八雲 日本の面影……池田雅之
良寛詩歌集……中野東禅
ルソー エミール……西 研
内村鑑三 代表的日本人……若松英輔
アドラー 人生の意味の心理学……岸見一郎
道元 正法眼蔵……ひろさちや
石牟礼道子 苦海浄土……若松英輔
歎異抄……釈 徹宗
ユゴー ノートル=ダム・ド・パリ……鹿島 茂
サルトル 実存主義とは何か……海老坂 武
カント 永遠平和のために……萱野稔人
ダーウィン 種の起源……長谷川眞理子
アルベール・カミュ ペスト……中条省平
バートランド・ラッセル 幸福論……小川仁志
三木 清 人生論ノート……岸見一郎
法華経……植木雅俊
宮本武蔵 五輪書……魚住孝至
維摩経……釈 徹宗
オルテガ 大衆の反逆……中島岳志
太宰治 斜陽……高橋源一郎
アンネの日記……小川洋子
シェイクスピア ハムレット……河合祥一郎
マルクス・アウレリウス 自省録……岸見一郎
カント 純粋理性批判……西 研